DIOSES Y DIOSAS
DE GRECIA

Copyright © EDIMAT LIBROS, S. A.
C/ Primavera, 35
Polígono Industrial El Malvar
28500 Arganda del Rey
MADRID-ESPAÑA
www.edimat.es

ISBN colección: 84-9764-888-9
ISBN: 84-9764-891-9
Depósito legal: M-48677-2006

Colección: Joyas de la mitología
Título: Dioses y diosas de Grecia
Autor: © Fernando López Trujillo
Producción editorial: Contenidos Editoriales SRL
Editor General: Julio Acosta
Director de Colección: Gabriel Rot
Coordinación: Gabriela Vigo
Dibujos originales: Julián Arón
Diseño de interiores: Diego Linares
Correctora: Ana Souza
Diseño de cubierta: Juan Manuel Domínguez
Impreso en: LÁVEL

IMPRESO EN ESPAÑA – *PRINTED IN SPAIN*

JOYAS DE LA MITOLOGÍA

FERNANDO LÓPEZ TRUJILLO

DIOSES Y DIOSAS DE GRECIA

INTRODUCCIÓN

ntre las diversas mitologías, es la griega una de las que con más derecho reclama un sitial de privilegio. En efecto, ésta posee un monumental cuerpo de textos, desde los poemas homéricos y la minuciosidad no carente de belleza de Hesíodo, hasta las leyendas registradas por poetas, trágicos y escritores ya clásicos. Todos ellos han contribuido a constituir el corpus mitológico griego: Homero, condensando innumerables relatos de la vida de los dioses y su intervención mítica en la historia humana; Hesíodo, con su pormenorizada genealogía divina; los autores posteriores, entre los que se destacaron Eurípides, Sófocles y Esquilo, profundizando en la vida de algunos de los principales protagonistas de esta saga mitológica.

La opinión mayoritaria sostiene que los mitos tienen su origen en el hombre primitivo, aducen que éste no puede distinguir entre seres animados e inanimados, o entre el mundo humano y el animal, y entonces dota a ríos y montañas, a cocodrilos y serpientes, de poderes místicos. Gradualmente transfiere su culto del objeto mismo a un poder vital relacionado con él y, finalmente, a una personalidad revestida de ese poder. Zeus es primero el cielo, después una fuerza existente en el cielo y, por fin, un dios armado con el poder del cielo.

Según el mismo argumento, en su desarrollo los mitos pueden absorber cualquier clase de aspectos simbólicos y enigmáticos, pues la imaginación primitiva trata de desconcertar, alucinar y retar al extraño. Los mitos alteran así el fondo original de sus argumentos, que en vez de describir los poderes de los espíritus de la naturaleza relatan los poderes y aventuras de los dioses.

En la mitología griega, según nos cuenta Hesíodo, "ante todo, existió el Caos. Después Gea, la tierra, de ancho pecho. Por último Eros, el más hermoso entre los seres inmortales". Del Caos nacieron también Erebo, que es el infierno de los cultos ancestrales, y la negra Noche. De su unión amorosa, a su vez, nacieron el Éter y el Día.

Esa Noche, hija del Caos, engendró a la Suerte y a Thánatos, el espíritu de la muerte; alumbró a Hipnos y la tribu de los sueños. La oscura Noche dio a luz a Momo, el sarcasmo, y a las Hespérides, que tenían a su cuidado las hermosas manzanas de oro y los árboles que las producen más allá del Océano. También engendró a las Moiras y las Ceres que, inexorables en la venganza, perseguían a los culpables, fueran hombres o dioses; a Némesis, azote de los hombres, pero también al Engaño, a la Ternura, a la maldecida Vejez y, por último, a Eris, la Discordia.

Gea comenzó por parir a un ser de igual extensión que ella, Urano, el cielo estrellado "...para que la contuviera por todas partes, y fuera una morada segura y eterna para los bienaventurados dioses". También dio origen a las montañas y bosques que habitarían las Ninfas y al océano estéril, al que los griegos llamaron Ponto y después Thalassa.

¿Qué era el Caos en el pensamiento de Hesíodo? El espacio, pero un espacio que contenía en germen todo lo que había de constituir el universo. Gea y Urano son, pues, el origen de la primera dinastía divina, la de los uránidas. De allí nacerán los cinco Titanes: Océano, Ceo, Crío, Hiperión y Japeto, y sus seis hermanas, las Titánides: Tea, Rea, Temis, Mnemosine, Febe y Tetis.

El último Titán de la dinastía será Cronos, el tiempo, quien castrará a su padre y dará origen a una nueva dinastía de inmortales. Antes su madre había engendrado a los Cíclopes y a los Gigantes de cien brazos y cincuenta cabezas.

No es casual que "el tiempo" determine la extinción de la dura tiranía de Urano. Ya le habían predicho que uno de sus hijos acabaría con su reinado y por ello, apenas nacidos, los hacía desaparecer precipitándolos al seno de la Tierra. Cansada de parir sin tregua y de ver que le quitaban los hijos, Gea meditó su cruel venganza, para lo que fabricó una gran hoz para castrar a Urano. Semejante proposición aterrorizó a los Uránidas, y sólo el más joven de ellos, Cronos, decidió aunarse en la criminal empresa.

"El gran Urano –dice Hesíodo– llegó seguido de la Noche, y animado de deseo amoroso, se tendió cuan largo era sobre la Tierra. Entonces, su hijo lo cogió con la mano izquierda y blandiendo con la diestra la enorme hoz, larga, acerada, cortó con rapidez las partes verendas a su padre."

De las gotas de sangre que salieron de la horrible herida nacieron más tarde las Erinias, los Gigantes y las Ninfas. Cronos volvió a mutilar las partes que había cortado y las arrojó al mar; de ese desecho salió una blanca espuma, de la cual nació Afrodita, la diosa del amor.

Luego Cronos tomó a Rea, su hermana, por esposa y juntos dieron nacimiento a una numerosa prole. Urano, que no había muerto, le advirtió entonces que uno de sus hijos acabaría con su dominio, por lo que Cronos tomará por costumbre comerse instantáneamente lo que Rea engendre. Entre sus hijos más famosos se contarán Poseidón, Hestía, Deméter, Hera, Hades y Zeus, quien fundó la tercera y última dinastía divina: la de los Olímpicos.

¿Cómo escaparon estos ilustres descendientes al cruel destino que Cronos les reservaba? Mucho tendrá que ver Zeus con la resolución afortunada de esta tragedia, mucho tendrá que luchar y esta épica lo convertirá en el rey del Olimpo, el más poderoso dios que los griegos de la Antigüedad adoraron y temieron.

Sus vidas, prodigios y hazañas, como también sus vicios y arrebatos coléricos, desfilan en estas páginas alumbrando existencias tan fantásticas como perdurables en el imaginario de todas las épocas y culturas.

ZEUS, EL AMO DEL TRUENO

adre terrible, Cronos devoró a su numerosa prole con dedicación. Había recibido el presagio de que uno de sus hijos sería su fin, y comiéndoselos apenas nacidos creyó conjurar la amenaza. Como siempre estaba atento, una vez más descubrió que su esposa Rea estaba otra vez embarazada, y se dispuso a esperar el momento del parto para comerse al nuevo infante. Desesperada, la diosa recurrió entonces a una astucia. Sintiéndose próxima a dar a luz huyó a la isla de Creta, donde parió y dejó al recién nacido, y regresó de inmediato al Olimpo como si nada hubiera pasado. Luego, ya junto a su esposo, simuló un nuevo parto y le entregó a su marido una prolija envoltura donde, supuestamente, estaba el recién nacido.

Como era previsible, Cronos se lo engulló de un solo movimiento, y se retiró satisfecho de haber burlado, una vez más, al infausto presagio. Lo que Cronos no supo hasta mucho más tarde era que no se había comido a su hijo, sino a una piedra que su esposa preparó para engañarlo.

De esta manera, pues, Rea salvó la vida del niño.

Zeus, el infante salvado, había quedado en Creta al cuidado de Melisa y Adrastea, las hijas del rey, pero su verdadera nodriza sería la cabra Amaltea. Descendiente del Sol, la cabra tenía un aspecto tan aterrador que los propios Titanes habían suplicado a la Tierra que la ocultara en algún antro de la isla.

La crianza de Zeus fue ciertamente curiosa. Las palomas se encargaron de llevarle la ambrosía desde las orillas del Océano, y un águila la alimentaba con el néctar que tomaba de una fuente. Agradecido, Zeus premió a sus protectoras confiriéndoles, a las primeras, la hermosa tarea de anunciar las estaciones, y a la segunda la inmortalidad. La leyenda también cuenta que el futuro Señor del Olimpo fue amamantado por una marrana, cuyos gruñidos habían impedido a Cronos oír los berridos de su hijo.

Para que se entretuviera, los Cíclopes le regalaron a Zeus los relámpagos, y una ninfa le obsequió una bola agujereada por la que serpenteaba una hiedra.

El cuerno de la abundancia

La leyenda cuenta que, una tarde, la cabra nodriza pastaba tranquila cuando Zeus, ya un niño vigoroso e inquieto, saltó sobre ella súbitamente. Sorprendida, Amaltea intentó correr y escapar, pero Zeus se tomó tan fuertemente de los cuernos del animal que, por más cabezazos que aquélla diera, continuó encima de ella.

Entre tantos forcejeos, uno de los cuernos se quebró, y Zeus lo regaló a sus protectoras Melisa y Adrastea confiriéndole propiedades maravillosas: a un simple deseo de las muchachas, el cuerno se llenaba de todos los bienes de la tierra.

Mucho más tarde, en su lucha contra los Titanes, Zeus, aconsejado por Temis, se cubrió con la piel de esta cabra, a la que nada podía atravesar. Pasado un tiempo, le donó esta capa, su famosa égida, a su hija Atenea.

"Zeus mató al animal y liberó a los prisioneros, quienes agradecidos forjaron para él el rayo, el trueno y un velo de hierro..."

J.ARON 6

La gran lucha

Cuando alcanzó la edad viril, Zeus se aprestó a destronar a su padre, tal como lo había señalado el famoso augurio. Primero, Zeus llamó en su auxilio a Metis, hija del Océano, la cual hizo tomar a Cronos un brebaje que le hizo vomitar a todos los hijos que se había tragado. Así volvieron a la vida sus hermanas Hestía, Deméter y Hera, a la que muy pronto convertiría en su esposa. También regresaron sus hermanos, Hades y Poseidón, con quienes repartiría tres de los reinos principales: el mar, el cielo y la tierra de los muertos; el cuarto reino, la tierra, les fue dado a los hombres.

Luego, aconsejado por su abuela Gea, Zeus liberó a los Titanes, los hijos de la primera pareja divina que Urano precipitó al seno de la tierra. Sin embargo, lejos de agradecerle el rescate y celosos del nuevo poder que Zeus representaba, los Titanes lo desafiaron a una lucha feroz que se extendió a lo largo de diez años.

Enfrentado al destino, Zeus recurrió otra vez a Gea, quien le aconsejó liberar a otros hijos que había tenido con Urano, los que se hallaban prisioneros en el Tártaro, un terrorífico lugar en las entrañas de la Tierra donde eran recluidos los condenados. Allí se encontraban Brontes, Astéropes y Arges, seres enormes y fuertes de un solo ojo, custodiados por Campe, un monstruo más feroz aún que ellos. Zeus mató al animal y liberó a los prisioneros, quienes agradecidos forjaron para él el rayo, el trueno y un velo de hierro, que nublaba el resplandor del rayo para que no fuera descubierto por sus enemigos. Así armado, Zeus enfrentó victoriosamente a los Titanes.

Para asegurar su triunfo, el dios rompió las cadenas de otros tres hijos de Urano y de Gea que penaban en el Tártaro, los Hecatonquiros o Centímanos, gigantes con cincuenta cabezas y cien brazos de fuerza prodigiosa. Cuenta la tradición que los Gigantes lanzaron a la vez trescientos peñascos que cayeron sobre los Titanes, lo que determinó el resultado de la lucha a favor de Zeus.

Vencidos los Titanes, Zeus tuvo que enfrentar nuevos obstáculos hasta llegar a Cronos. Gea, alarmada del poder que su nieto se aprestaba a conquistar, envió contra él y sus olímpicos a una numerosa raza de sus hijos: los Gigantes. Se decía que los Gigantes eran aproximadamente cien, todos nacidos de las gotas de sangre salidas de la herida de Urano cuando éste fue mutilado por su hijo Cronos. A diferencia de los Titanes, los gigantes no eran inmortales, y su aspecto era monstruoso, con largas barbas y cabellos y piernas cubiertas con escamas de serpiente.

El enfrentamiento entre Zeus y los Gigantes se realizó, por fin, en los Campos Flégreos, a poca distancia del monte Olimpo, en la Tesalia. Atenea, Hera, Apolo, Hefesto, Artemisa, Poseidón, Afrodita, Hécate y las Parcas participaron de la contienda, todos ellos capitaneados por Zeus.

Por su parte, los Gigantes fueron ayudados por Gea, quien pretendía convertirlos en inmortales gracias a un té de hierbas que ella misma les preparara. Pero alertado de estas intenciones, Zeus prohibió al Sol, a la Luna y a la Aurora que aparecieran, y secretamente cortó e hizo desaparecer la hierba mágica para que Gea no pudiera hacer su brebaje.

Aun así, la lucha no terminó de definirse. Y entonces la aparición de un mortal decidió las cosas. El mortal era Heracles, quien con sus flechas acabó con el gigante Alcioneo, que tenía la capacidad de ser inmortal mientras peleara en su país, el territorio montañoso de Palene. Advertido por Atenea, Heracles atrajo al gigante fuera de su tierra y lo mató. Luego, subyugados por los encantos de Afrodita, otros gigantes cayeron en la trampa montada por el héroe en una caverna, donde los esperó para atravesarlos con sus flechas.

Porfirión, que presenció la derrota de su hermano Alcioneo, quiso vengarlo, y se abalanzó sobre Heracles que, desprevenido, se hallaba junto a Hera. Entonces Zeus no dudó un instante y provocó en el gigante una súbita pasión por la diosa, desviándolo de su inicial deseo de matar a Heracles. Invadido Porfirión por la repentina exaltación de sus instintos, se lanzó entonces sobre la esposa de Zeus, a la que le arrancó sus vestiduras dispuesto a violarla. Ese momento fue aprovechado por Heracles para cargar su arco y matarlo de un certero flechazo.

Mientras tanto, Palas y Encélado caían víctimas de la furia de Atenea; el primero degollado, y el otro aplastado con el peso de la isla de Sicilia. Una tradición dice que Atenea le quitó la piel a Palas y con ella se había confeccionado en verdad la égida que la hizo invulnerable. Gea, perturbada por la situación adversa que pasaban sus Gigantes, intentó una vez más detener a Zeus, utilizando ahora a su último hijo, Tifoeo.

Una atroz criatura

Tifoeo había nacido de la unión con Tártaro, un dios poderoso que poseía centenares de manos que trabajaban incesantemente y, sobre sus hombros, cien cabezas de dragones de cuyas bocas emergían gigantescas lenguas negruzcas. Además, despedía de sus ojos grandes llamas resplandecientes, y provocaba miles de sonidos extraños que confundían a los que los escuchaban. Era tan inmenso que su cabeza podía tocar las estrellas, y sus brazos extendidos llegaban a unir dos continentes.

El engendro no tardó en atacar a los dioses en su reino, y éstos, sin posibilidades de ofrecer resistencia, huyeron a Egipto, para ocultarse transformados en animales. Zeus, sin embargo, le hizo frente, y munido de su rayo y una hoz de diamantes, le provocó enormes sufrimientos. El gigante retrocedió hasta Siria, donde ambos entablaron una tremenda lucha cuerpo a cuerpo.

Tifoeo inmovilizó a Zeus con víboras que salían de sus muslos, y le quitó la hoz, con la que le cortó los nervios de los tobillos y las muñecas. Luego cargó al desfalleciente Zeus sobre su espalda y lo depositó en una cueva, junto a los nervios que le había cortado. Cuando el portento se fue de la caverna, Hermes, que estaba oculto, ingresó a la misma, y restableció a Zeus colocando nuevamente en su lugar los nervios cercenados.

Recuperado de sus terribles heridas, Zeus se dispuso a continuar la lucha. Subió entonces a un carro tirado por caballos alados y persiguió a Tifoeo, lanzándole innumerables rayos y truenos. El engendro contestó el ataque arrojándole a Zeus montes enteros, pero recibió como contestación una lluvia de bosques como si fueran flechas. Herido, Tifoeo cruzó el mar y se refugió en Sicilia, donde finalmente Zeus lo venció sepultándolo bajo el monte Etna.

Los Titanes, luego de ser vencidos, fueron recluidos en el Tártaro, bajo todo tipo de precauciones para evitar su retorno. Así, el sitio fue rodeado por un muro de bronce infranqueable, y encima se le echó una triple noche. Además, la puerta que daba ingreso al Tártaro fue forjada en hierro por el propio Hefestos, y su vigilancia les fue confiada a los tres Gigantes que ayudaron a Zeus en la lucha.

Desde entonces Zeus reinó en el Olimpo y conformó allí su corte de inmortales.

Un dios libertino

Zeus era un gran guerrero, pero ésta no era su única característica. También fue famoso por sus aventuras amorosas.

Cuenta Plutarco que Hera, hermana de Zeus, creció en la isla de Eubea al cuidado de su nodriza; Zeus se propuso enamorarla, pero como será costumbre en él, para ello recurrió a sus artilugios mágicos. Así, una fría tarde de invierno, Zeus se convirtió en un cuclillo y comenzó a cantar junto a Hera. La diosa, al escucharlo, se apiadó del pobre pájaro, lo tomó en sus manos y se lo puso junto a su pecho. Esto fue lo que esperaba Zeus quien, recobrando su forma original, intentó abusar de ella. La resistencia de Hera fue tenaz, y sólo cedió bajo la promesa de ser convertida en su esposa, actitud que según muchos maliciosos creó la escuela.

Desde entonces, las historias de infidelidad protagonizadas por Zeus fueron moneda corriente, provocando los continuos celos de su mujer.

En una oportunidad, la engañada diosa abandonó el lecho conyugal, cansada de tantas ofensas, y se marchó a la isla de Eubea, hasta donde la persiguió Zeus rogando por su regreso. Al borde de la desesperación, el dios pergeñó una estratagema para recobrarla. Simuló entonces casarse con un maniquí, al que disfrazó como una hermosa ninfa. Enfurecida por la desfachatez de su esposo, que se paseó frente a ella con la supuesta consorte, Hera se lanzó contra su rival, despojándola con un golpe de su velo. Pero al comprobar el engaño no pudo evitar las risas, y con el ánimo recuperado volvió junto a su descarriado pero ocurrente marido.

El rapto de Europa

La bella ninfa Europa era hija de Agenor, soberano de un pequeño reino en las costas de Siria. Una mañana, la joven virgen recogía flores, rodeada de sus compañeras, cuando acertó a pasar por allí Zeus, que instantáneamente quedó prendado de su belleza. El Dios ideó entonces una nueva artimaña para acceder a la doncella: transformarse en un toro de cuero brillante, que despedía un penetrante olor a azafrán.

Europa se le acercó de inmediato para acariciarlo, lo que aprovechó Zeus para hincarse e invitarla a montarlo. Con la muchacha sobre su lomo, el toro se lanzó a la carrera hacia el mar, en el que se hundió llevando encima a la doncella, presa del terror. En medio de un cortejo de tritones y nereidas, el divino animal se internó en las profundidades, llevando luego a Europa hacia la isla de Creta, donde las Estaciones ya habían preparado el tálamo nupcial. Luego Zeus adoptó su forma tradicional y se unió a Europa, quien le dio dos hijos: Minos y Radamanto.

Agradecido por los placeres recibidos, Zeus le solicitó a Talos la protección de la doncella. Y para más seguridad, le dio a Europa un perro del que ninguna presa podía escapar y un carcaj con flechas que siempre hacían blanco.

No todas las versiones acuerdan en que Hera fue su primera esposa. Una tradición señala que tal privilegio fue de Metis, representante de la sabiduría. Metis cargaba con una predicción funesta para el reinado de Zeus ya que, según un presagio, el hijo que engendraría estaba llamado a ser el rey de los dioses. El destino para Zeus, pues, se presentó similar al de su propio padre: su hijo acabaría con él.

Ante semejante advertencia, Zeus pidió consejo a la más antigua pareja divina: Urano y Gea, quienes le aconsejaron que para escapar del terrible y amenazador destino debía tragarse a Metis, con el hijo del que estaba encinta. De este modo alcanzaría dos objetivos: evitarse un contendiente por el trono, y, al introducirse a Metis, absorber para sí toda su sabiduría.

Así lo hizo Zeus, pero con una particularidad. Al haberse tragado a su esposa embarazada, completó en su propio vientre el período de gestación de su hijo. Cuando se cumplió el término de gestación, Zeus convocó a Hefesto para pedirle un extraño favor: que con un hacha le produjera una herida en su cráneo. Así lo hizo, y entonces Atenea brotó súbitamente de la cabeza abierta del dios, blandiendo en su mano una acerada jabalina.

Cualquiera haya sido la primera esposa de Zeus, lo cierto es que las mujeres jamás faltaron en su vida. Una de ellas fue Temis, personificación de la justicia, con la que procreó a las bienhechoras Estaciones y a las Parcas. Zeus también se unió con Mnemosine, hermana de la anterior, con quien pasó nueve noches de amor. Fruto de ellas fueron las nueve Musas: Urania, Terpsícore, Calíope, Euterpe, Thalía, Clío, Melpómene, Erato y Polimnia.

Atlante, uno de los Titanes, se casó con Pleyone, hija del Océano, y de esta unión nacieron siete hijas, las Pléyades. Cuatro de ellas cedieron al lúbrico deseo de Zeus y le dieron hijos, pero el caso de Maya es el más singular.

La ninfa vivía alejada de la multitud en una gruta del monte Cileno, en el Peloponeso, y hasta allí llegó Zeus a seducirla. Para que su esposa Hera no se enterara de esta nueva aventura, no tuvo mejor idea que producir una noche profunda y larga, en la que todos los seres, divinos o no, se sumieron en un prolongado sueño que se extendió por casi diez meses. Así las cosas, Zeus realizó su "escapada nocturna", y de su unión con Maya nació Hermes.

No era ociosa la prevención de Zeus; de hecho, Hera era muy capaz de dañar a sus rivales, a los hijos de ellas y por fin, a su fresco consorte. Esta situación se verificó en el caso de los amores de Zeus con Leto, hija del Titán Ceo y de Febe.

Hera se ensañó tanto con ella que, primero, le provocó enormes dolores en su embarazo, y luego retuvo por varias semanas a Ilirio, quien se ocupaba en el Olimpo de los partos y sus complicaciones. Leto, mientras tanto, estaba extenuada. Por fin, Ilirio logró escapar y voló de inmediato a la isla de Delfos para auxiliar a la pobre parturienta, pero cuando por fin llegó la mujer ya había dado a luz a Artemisa, la virgen cazadora; un día más tarde nació Apolo, el dios de la poesía, de la música y de las artes.

El tiempo pasó y entre otras tantas infidelidades furtivas de Zeus, sucedió una de particular dramatismo. Artemisa, su hija, vivía feliz en el bosque rodeada de sus compañeras, tan castas como ella. Pero ocurrió que su amiga más íntima, la ninfa Calisto, despertó el deseo de Zeus, que acertó a pasar por el bosque y la encontró dormida sobre el césped.

Para no atemorizarla, Zeus adoptó la apariencia de su hija, y Calisto entonces se brindó sin reservas. Al descubrir el engaño, la ninfa se sintió perdida, puesto que había traicionado un voto dado a su amiga. Intentó entonces ocultar los hechos, pero Artemisa descubrió la verdad y su cólera fue enorme. Para proteger a Calisto de la furia de su hija, Zeus la convirtió en un oso, pero sus prevenciones fueron insuficientes. Artemisa la mató a flechazos. Su hijo Arcas, sin embargo, no pereció, y pudo ser rescatado por su padre, quien lo llevó a Arcadia para dejarlo al cuidado de Maya.

Otras dos historias amorosas del gran dios merecen destacarse. Una es la que sostuvo con Leda, esposa del lacedemón Tíndaro. Para acercarse a ella, Zeus se transformó en cisne y abusó de la mujer cuando la consideró desprotegida. La leyenda señala que primero nació Cástor, legítimo hijo de Tíndaro, y unas horas después nacieron Helena y Pólux, hijos de Zeus.

La otra historia involucró a Alcmena, esposa de Anfitrión. En una ocasión, el hombre debió ausentarse de su hogar para marchar a una guerra lejana. Zeus entendió que era su oportunidad para unirse a la mujer y, tomando la figura del esposo, se presentó ante Alcmena simulando un regreso imprevisto. Entonces nuevamente ordenó para extender sus placeres que la noche durara más de lo habitual, capacidad que sería luego envidiada por legiones de amantes furtivos. Con el generoso plazo nocturno, Zeus se entregó a la pasión con Alcmena hasta concebir al mismísimo Heracles.

Ganímedes

Zeus no limitó sus amores al sexo femenino; también se sintió atraído por sus pares. De esta inclinación divina es un ejemplo el episodio de sus amores con Ganímedes, "el más bello de los mortales". El propio Zeus, bajo la forma de un águila, cayó sobre su presa llevándosela al Olimpo, donde lo convirtió en su fiel amante.

Se dice que luego tal hábito fue alentado por los gobernantes para limitar el crecimiento poblacional entre la comunidad griega, acechada por la carencia alimentaria y las estrecheces de todo tipo. Incluso se afirma que el propio Solón había tratado de alentar esta forma de amor en Atenas. Sólo quedaban excluidos de esta práctica los esclavos ya que, siendo más productivos que sus dueños, era bueno que se siguieran reproduciendo.

Venganza y compasión

La idea de un Zeus colérico no está relacionada sólo con los mitos fundadores del dios y las luchas por la recuperación del trono de su padre Cronos. Las venganzas contra sus adversarios se proyectaron a lo largo de su existencia, tanto sobre dioses como mortales, sobre quienes cayeron implacables sus ejemplificadores castigos. Tal vez su cólera más significativa haya sido la que tuvo para con Prometeo, el hijo del titán Jápeto, tras haberse robado éste para los hombres el fuego divino.

Zeus había negado a los hombres el fuego, razón por la cual éstos deambulaban en la oscuridad. Prometeo irrumpió entonces en el taller del divino herrero Hefesto, situado en la isla de Lemnos, y robó parte del fuego con el que éste trabajaba para dárselo a los mortales.

Zeus reservó para Prometeo una muestra de su singular crueldad: transportado a la más alta cima del Cáucaso, fue sujetado a una roca por Hefesto con encadenamientos imposibles de quebrantar. Desde entonces, un águila acudió diariamente a devorar el hígado de Prometeo, que rebrotaba cada noche. Este suplicio debía durar millares de años, pero Heracles, al cabo de treinta, le puso término.

Pero así como la lujuria, la venganza y la cólera distinguen al gran dios del Olimpo, también lo hacen sus dones de protector de los hombres, garante de las relaciones humanas, de los juramentos y las familias.

En una oportunidad, en la que decidió castigar a los mortales con su exterminio, desencadenó sobre la Tierra un diluvio de proporciones nunca vistas. Prometeo, sin embargo, impidió que el castigo divino borrará para siempre a la raza humana. Construyó entonces un arca en la que se refugiaron su hijo Deucalión y Pirra, y tras flotar a la deriva durante nueve días y nueve noches, la pareja por fin llegó al monte Parnaso.

Zeus se apiadó de su desamparo y les ofreció, para complacerlos, cumplirles un deseo. El joven le solicitó al momento la creación de una nueva raza humana, petición que Zeus concedió gustoso, pero encargándoles a ellos mismos su formación. Y a continuación les pidió que le arrojaran piedras a sus espaldas. De las lanzadas por el muchacho nacerían los hombres; de las arrojadas por Pirra, en cambio, nacerían las mujeres.

La morada de Zeus

El Olimpo es tradicionalmente el monte más elevado de Grecia, aunque en la propia península hay por lo menos seis picos a los que se atribuía ser residencia de los dioses: uno en Macedonia, otro en Tesalia, en Arcadia, en Élide, en Misia y aún otro en Cilicia.

Hefesto había construido allí, en el Olimpo, varios palacios, y entre ellos el más soberbio era el de Zeus, en el que se reunían diariamente los dioses a beber la ambrosía, a escuchar la lira de Apolo y donde las Musas eternamente hacían oír sus cantos más bellos. Desde allí lanzaba Zeus su rayo y nacía la aurora que traía la luz a los hombres.

Zeus es también un amparador de los huéspedes y los humildes, de los heraldos y aun de los mendigos. Aunque violento y contradictorio, feroz incluso, posee los atributos de la mayor dulzura y la caridad. Los artistas griegos se esforzaron por plasmar en sus obras esa naturaleza dual del dios. Sus facciones expresan siempre la fuerza, pero al mismo tiempo la prudencia y la bondad.

Su imperio se asentó sobre la doble superioridad de la fuerza y de la inteligencia, y gozó (entre otras cosas ya enumeradas) de una autoridad que ejerció libremente sobre dioses y mortales. El único límite estaba establecido por la Moira o destino, a la que ni hombres ni dioses podían escapar.

Pero por sobre todas las cosas, Zeus era el guardián de la institución del juramento. Todas las divinidades estaban sometidas a esta obligación. Si acaso alguno de ellas se hacía acreedora de la acusación de perjurio, Zeus la castigaba con todo vigor. Enviaba entonces al desdichado o desdichada una jarra con agua del río Estigia, para que la bebiera. El castigado languidecía durante un año, privado del soplo de la vida, sin derecho a saborear ni la ambrosía ni el néctar. Además, quedaba tendido en su lecho, sin poder siquiera hablar. Transcurrido un año, era sometido a nuevos tormentos por nueve años más, y recién al cabo del décimo año podía reintegrarse a la corte de Zeus.

Con este rigor, pues, Zeus se aseguró la fidelidad y el temor de sus subordinados.

HERA, EL AMOR CONYUGAL

unque subordinada a Zeus, Hera ocupó en el panteón griego un lugar de paridad con el señor del Olimpo. De hecho suele aparecer representada en un trono junto a su marido y recibiendo de los demás dioses un homenaje similar.

Como sus hermanos Hades, Poseidón, Deméter y Hestía, también Hera fue devorada, apenas nació, por Cronos, y sólo la larga batalla de Zeus logró su liberación haciendo que aquél la vomitara.

Según las fuentes clásicas, la infancia de Hera transcurrió en Eubea, en Samos y en Estínfalo. Los samios se vanagloriaban de que Hera había nacido en su isla, a orillas del río Imbrasos, bajo la sombra de un sauce que, como la encina de Dodona, era un lugar de adoración. No resultó extraño, pues, que luego se levantara allí el santuario Heraion.

La tradición situó en Eubea, la isla que enfrenta a Atenas, el episodio de la seducción de Hera por un Zeus metamorfoseado en cuclillo, quien la raptó y la ocultó todavía virgen en una cueva del Citerón, el nido de sus amores.

Aunque hermanos, y por tanto protagonistas de un amor incestuoso, paradójicamente Hera y Zeus constituyeron para la tradición griega el símbolo del matrimonio, en el que Hera representó el rol de la esposa abnegada y paciente, aunque las leyendas sobre la fuerza de sus celos hicieron que se colocara esa última cualidad entre paréntesis. Y así como el centro de las leyendas de Zeus refirió siempre a sus amores, en el caso de Hera las historias hicieron eje en las desdichas de la abstinencia, y en la ira que le provocaban las correrías de su calenturiento marido.

Engañada decenas de veces, sin embargo se definió a sí misma con estas palabras:

–Yo soy una diosa salida de la misma sangre que tú; yo soy la más honrada de los hijos de Cronos, ya por mi nacimiento, ya porque me llaman esposa tuya y tú reinas sobre todos los dioses.

Y aun cuando censuró el accionar de Zeus, también lo aceptó como algo natural. No en vano había escuchado de su propio marido una advertencia original:

–Sé sumisa a mis leyes o teme que todos los dioses que moran en el Olimpo, si acuden en tu socorro, no puedan defenderte cuando te oprima mi invencible brazo.

No obstante lo conflictivo de la relación entre Hera y Zeus, su casamiento resultó una inmejorable ocasión para la realización de una fastuosa fiesta en el Olimpo. Digna de dioses, la celebración convocó a todos los inmortales, incluidas las Parcas, y se prolongó durante varias semanas.

Los hijos de Hera

La unión de Hera y Zeus dejó una escasa producción de hijos, al menos si se lo compara con la extraordinaria descendencia extraconyugal del viril hijo de Cronos. Para colmo de males, las aventuras sexuales del dios de dioses no se reflejaron con la misma pasión en la cotidianidad con su esposa. De hecho, algunos hijos de Hera fueron concebidos sin relacionarse sexualmente con aquél. El caso de Ares, dios de la guerra, es paradigmático.

Algunas fuentes señalan que Hera, despechada por el nacimiento de Atenea, engendró a su hijo Ares por el contacto con una flor maravillosa. Zeus, ofendido en su orgullo masculino, no tuvo bellas palabras para Ares, a quien según Homero le expresó:

–Tú eres el más odioso habitante del Olimpo; sin cesar te complaces en las discordias, en los combates, en las querellas; tienes el espíritu

Se cuenta que
la leche, salida
a chorros del
seno materno
de Hera,
formó
la Vía
Láctea.

inflexible e intratable de tu madre Hera, a la que apenas puedo domar con mis reproches.

También Hebe, personificación de la juventud eterna, fue señalada como hija de Hera, aunque en ello no se le adjudique a Zeus algún protagonismo. Incluso se afirma que Hebe, "la escanciadora de la ambrosía" que impedía a los dioses envejecer, fue el fruto de una ingesta de lechugas silvestres que Hera consumió durante un almuerzo con su marido.

Otros hijos de Hera, en los que sí intervino Zeus, tuvieron también, a su manera, un origen conflictivo, como el caso de Hefesto, dios del fuego.

Se supone que Hefesto fue concebido por la pareja en ocasión del secuestro de Hera. Feo y deforme, su madre se avergonzó tanto de él que lo arrojó al mar, por lo que además luego resultaría cojo; allí fue recogido y criado por Eurínome, hija de Océano y Tetis. De tal desamor materno tomó Hefesto su consabida venganza. Maestro en el arte de los metales y la forja, envió a su madre un espléndido trono de oro que, en verdad, era una trampa. El trono estaba provisto de lazos invisibles, que la amarraron firmemente apenas Hera se sentó en él. Toda la ayuda de los otros dioses fue inútil y debió ser el propio Hefesto el que, en un arresto magnánimo, la liberó.

Una diosa vengativa y vanidosa

Pero si las historias sobre la prole de la diosa y Zeus son ciertamente conflictivas, las que refieren a la actitud de Hera ante los hijos extramatrimoniales de Zeus compiten en intensidad. Una de las más famosas le endilgó a Hera ser autora del intento de homicidio de Heracles, hijo de Zeus y la bella Alcmena. Mientras el niño dormía apaciblemente en su cuna, la despechada diosa le envió dos serpientes con la intención de matarlo. Sólo la prodigiosa fuerza de Heracles evitó el infanticidio, aunque Hera volvió a intentar el asesinato una vez más, nuevamente sin éxito. También envió Hera una serpiente a Leto, madre de Apolo y Artemisa, siendo oportunamente rescatada por Zeus y las certeras flechas de Apolo.

Más satisfacción para su espíritu vengativo obtuvo en el caso de Sémele, la bella tracia, hija de Cadmo y Armonía, que amó y fue amada por Zeus. Hera misma fue quien la instigó para que pidiera ver a Zeus en todo su esplendor, y cuando éste bajó orgulloso envuelto en su rayo, inadvertidamente la fulminó, consecuencia que Hera había calculado. Zeus sin embargo rescató a una criatura del vientre muerto de su madre y la cosió a su muslo donde prosiguió su gestación hasta el nacimiento. Resulta curioso que de un amor tan sufrido y sublime naciera una de las deidades más simpáticas y distendidas de la tradición helénica: Dioniso, el alegre dios del vino y las fiestas.

La venganza de Hera se continuó en la hermana de Sémele, Ino, quien se había hecho cargo de la crianza del prodigioso hijo. Pacientemente, la diosa aguardó a que Ino se hubiera casado con Atamante y le diera a éste dos hijos, Learcos y Melicertes, para tomarse desquite con ellos. Entonces Hera convirtió a los niños en cervatillos y enloqueció a Atamante que, sin el dominio de su razón, atravesó con sus flechas a Learcos.

Advertida de la repentina locura de su esposo, Ino rescató a Melicertes de un fin similar, y con él en brazos se precipitó al mar, donde un delfín cargó con su hijo hacia la isla de Corinto. Por su arriesgada y amorosa acción, Ino fue luego incorporada a las divinidades del Océano.

La famosa cólera de Hera no sólo se irradió por los celos que le causaba su marido. Más bien parece una característica de su personalidad que se expresó con una constancia abrumadora ante las más diversas situaciones. Las Prétidas, por ejemplo, se ganaron su odio por haberse robado el oro que adornaba la estatua de su templo en Tirinto. Extraviadas de su razón por la diosa, fueron condenadas a vagar por las praderas creyéndose vacas. Sólo recobraron la cordura cuando el adivino Melampos, que había serenado la ira de Hera, mezcló una pócima mágica en el agua en que abrevaron.

Un espíritu vengativo

La vanidad también fue la causante del mal humor de Hera, llevándola a urdir los más crueles planes contra sus inadvertidas competidoras. La leyenda de Antígona es uno de los casos más emblemáticos.

Antígona, hija de Laomedonte, se vanagloriaba de tener una cabellera tan bella que ninguna otra mujer, ni siquiera Hera, podía emular. Entonces la diosa convirtió los cabellos de Antígona en serpientes, lo que la sumió en la más completa locura. Los dioses, testigos de la crueldad de Hera, se apiadaron de la desafortunada Antígona y la transformaron en una bella cigüeña.

Una venganza similar practicó con Gerana, honrada como una diosa por los pigmeos, al punto que despreciaron a los verdaderos dioses, y en especial a Hera y Artemisa. La diosa la transformó en grulla y la obligó a volar incesantemente alrededor de la casa en que se criaba a su hijo.

La vanidad olímpica también estuvo detrás del episodio de Edone y su marido, el artista Politecnos. La pareja tuvo la desgraciada idea de proclamar que su felicidad matrimonial era superior a la de Zeus y Hera, lo que en verdad no era decir mucho, pero la noticia enfureció a la diosa, que envió a Eris, la discordia, para que se interpusiera entre ambos esposos.

Muy pronto la paz conyugal se vio sacudida por graves desavenencias, que concluyeron cuando se estableció una apuesta entre ambos: aquel que terminara primero un trabajo que habían comenzado recibiría de premio una esclava. Fue Edone quien ganó, y con esto provocó el odio de Politecnes que sintió herido su orgullo.

Anunciando a su esposa que iría por la esclava, Politecnos se encaminó a la casa de su suegro, Pandareos, a quien le dijo que su esposa requería la presencia de su hermana menor, Quelidón. El padre dejó partir a la muchacha sin siquiera sospechar el ardid de su yerno.

En el camino, Politecnos abusó de la pobre doncella, le cortó el cabello, la vistió con ropas de esclava y, bajo amenaza de muerte, la conminó a no revelar a Edone lo que había ocurrido. De ahí en más y durante años, Quelidón sirvió en la casa de su hermana sin que ésta se percatara del engaño, hasta que un día la escuchó lamentarse de su suerte.

Develado el secreto, juntas tramaron una venganza ejemplar contra el desalmado marido de Edone. Primero asesinaron a su primogénito Itis, y tras presentarle el cadáver, huyeron a refugiarse en la casa paterna: hasta allí las persiguió Politecnos, pero atrapado por los sirvientes de Pandareos fue amarrado y abandonado en un prado para que millares de moscas e insectos hicieran su vida miserable. Edone, compadecida de la suerte de su marido, finalmente ahuyentó a los insectos y lo liberó, pero no pudo impedir la ira de sus parientes, que comenzaron a buscarla para saldar cuentas.

Zeus, que observaba atentamente el drama familiar que había desatado Hera, puso fin a tanto conflicto transformando a todos los protagonistas en aves: Pandareos fue convertido en gaviota, Harmodea –madre de Edone– en halcón, Politecnos en pelícano y Quelidón en golondrina.

Los pretendientes

Hera, aunque eclipsada por la belleza de Afrodita, era también una de las divinidades más atractivas del Olimpo, y así como su belleza la llevó en numerosas oportunidades al engreimiento, también le confirió un prolífico y distinguido número de admiradores. Entre ellos se destacó Ixión, el rey de los lapitas.

Asesino de su suegro, Ixión era visto con horror y rechazo por mortales y dioses; sin embargo, Zeus se apiadó de él y lo invitó a compartir su mesa y el néctar de sus bodegas. Cuando estuvo borracho, Ixión se enamoró de Hera y se le declaró imprudentemente delante del propio Zeus y de todos los olímpicos.

Aunque irritado por la conducta de su invitado, Zeus tuvo curiosidad por conocer a qué extremos de ingratitud llegaría aquél. Para ello no sólo dejó que Ixión continuara con sus cortejos, sino que le entregó una nube con la forma de Hera, para ver cuáles serían sus próximos pasos. Entonces el desaprensivo Ixión se unió a la nube, concibiendo a un centauro. Para Zeus fue suficiente y, decidido a darle un escarmiento ejemplar, le ordenó a Hermes que lo amarrara con serpientes a una rueda inflamada.

Desde entonces, arrastrado eternamente por el espacio, se escuchó a Ixión gritando: "Honremos a nuestros bienhechores".

Una venganza encarnizada

Aunque no consiguió matarla como a Calisto, Ío, la hija de Inaco, rey de Argos, fue sometida a un cruel suplicio pergeñado por Hera.

Todo comenzó cuando Zeus, conocedor de que Hera vigilaba sus amores, transformó a Ío en vaca, para ocultarla de su esposa. Hera, prevenida de las argucias de su marido, le pidió entonces la vaca de regalo, sabiendo que Zeus, para no descubrirse, accedería a su deseo.

Con Ío convertida en vaca bajo su dominio, Hera la puso al cuidado de Argos, un terrible monstruo de cien ojos que la sujetó a un árbol y comenzó a azotarla sin darle un segundo de descanso. Afligido, Zeus le encargó a Hermes que diera muerte al monstruo y liberase a Ío, pero las penurias de ésta no terminaron. Un gigantesco tábano, enviado por Hera, la persiguió incansablemente y picándola de continuo, por lo que la bella joven huyó atravesando el Mediterráneo hasta Egipto.

Finalmente, Zeus la halló y tras devolverle su forma original, permitió que naciera su hijo Epafos, quien tampoco evitó la eterna persecución de Hera.

Pero así como en las leyendas abundan estas descripciones de Hera, en las que aparecen sus rasgos soberbios, inflexibles, vanidosos, y se la ve abrumada por los celos, también tuvo características que la destacaron del panteón griego y que constituyen la imagen ideal que su pueblo se forjó de ella.

Esta imagen se encuentra adornada con los atributos de la solicitud y el socorro a las mujeres. Ella es protectora de las doncellas, las novias y las mujeres casadas, y las auxilia en todas las etapas y acontecimientos de su vida. Ilitia, que en algunas fuentes funge como hija de Hera y tiene a su cargo los partos, es a menudo confundida con la misma diosa.

Hera, pues, es considerada la benefactora del matrimonio, y las fiestas en honor del himeneo que se celebraban anualmente en algunas ciudades griegas llevaban el nombre de *Hereas*. En Argos, una de las ciudades bendecidas por la diosa, se celebraban las fiestas más famosas de la deidad, y allí se levantó el Heraion, uno de los templos más antiguos de Grecia.

Según la leyenda, Hera y su hermano Poseidón habían disputado por la posesión de la Argólida, fallando a favor de la primera un tribunal formado por Foroneo, Cefiso e Inaco. Tras la sentencia, Foroneo construyó el primer templo a Hera en la Argólida. Colmado de esculturas de diversas épocas, destacaba entre ellas la estatua de marfil y oro que le esculpiera Policleto, tan famosa como la de Fidias en Olimpia.

Las ceremonias en su honor comenzaban siempre con el sacrificio de un toro; luego, la sacerdotisa se dirigía al templo en un carro tirado por bueyes blancos y comenzaban los juegos. El más famoso de ellos era el llamado "carrera del escudo", en el que dos jinetes a caballo buscaban clavar una jabalina en un escudo fijo a una lanza. El premio para quien acertase consistía en una corona de mirto y precisamente un escudo.

El mayor de los templos consagrados a Hera se encontraba en la isla de Samos. Anualmente, unas fiestas populares recordaban el nacimiento de la diosa paseando en procesión, hasta el río Imbrasos, una escultura en madera atribuida al escultor Esmilis.

También se adoraba a Hera en la isla de Lesbos, donde se celebraban concursos de belleza que probablemente replicaran el juicio de Paris, pero entregando finalmente a Hera el premio que antes le había sido negado. Los templos se extendieron, además, a la Magna Grecia, y en Sicilia había cuatro de ellos en las ciudades de Siracusa, Agrigento, Metaponte y Selinonte.

A Hera se la representaba en general como a una mujer en plena juventud. Ataviada con una larga túnica, su frente llevaba por corona una diadema. En sus manos ostentaba los atributos de su divinidad: en unas, un cetro coronado por un cuclillo, el pájaro en que se convirtiera Zeus para seducirla; en la otra, una granada, símbolo del amor conyugal y la fecundidad. También solía aparecer junto a ella la imagen de un pavo real, cuyo plumaje simboliza el cielo estrellado.

PALAS ATENEA

unque Zeus tuvo varios hijos, algunos muy famosos, Atenea es la hija por excelencia del mayor dios del Olimpo, y hasta puede decirse que completa con Hera la trilogía de las principales divinidades helénicas.

Concebida por la unión de Zeus y Metis, "la más sabia de todas las hijas de los dioses", como señaló Hesíodo, la gestación de Atenea fue por demás singular.

Zeus había sido advertido de que con Metis tendría dos hijos, uno de los cuales le disputaría el trono. Para resolver el conflicto, el señor del Olimpo engulló a su amante embarazada, repitiendo casi idénticamente la opción que había elegido su propio padre, Cronos, cuando en su momento recibió un oráculo similar.

La diferencia residió en que Zeus no quiso arriesgarse a que el niño naciera, y por eso incluyó en tan fantástica comilona también a la madre. Lo que no pudo impedir fue que terminara la gestación del embarazo dentro de su propio cuerpo, por lo que finalmente la criatura nació brotando de su cabeza. Así, Zeus "dio a luz" a una niña, Atenea, que emergió hecha toda una muchacha, armada y vigilante. Es con este acto ritual que Zeus accedió al rol de padre y madre de la criatura.

La leyenda no explica por qué de la unión de Zeus y Metis nació sólo un vástago, la Tritogenia Atenea, llamada así porque supuestamente nació junto a una fuente a la que denominaban Tritón.

Éste es la versión más difundida de la génesis de Atenea, pero no la única. En su carácter plural, la religión helena careció de una armazón definitiva y unificada de sus mitos, por lo que las versiones suelen sucederse a veces con marcadas diferencias.

Algunos mitógrafos antiguos hicieron nacer a la diosa en Creta, producto de una nube que Zeus golpeó con uno de sus rayos. En otras versiones Atenea es hija de Palas, el gigante, al que mató cuando éste quiso violarla. También se la hizo nacer de la unión de Poseidón y Tritón. Tras una disputa con el dios del mar, Atenea se habría refugiado en el Olimpo protegida por Zeus, quien la había tratado desde entonces como hija suya. En todas las versiones, Atenea fue llamada también Palas; según la tradición más divulgada, porque con la piel de Palas, último

La disputa con Poseidón por Atenas

Atenea fue venerada como la diosa protectora de Atenas, a la que también legó el olivo que haría famoso su comercio en todo el Mediterráneo. Pero según la tradición, fue Poseidón quien hizo brotar la ciudad de un golpe de su tridente, e hizo surgir en la Acrópolis una fuente salada. Poco después había llegado Atenea, quien plantó un olivo y reclamó la posesión del país.

El conflicto, según algunos, fue saldado por un tribunal del Olimpo. Pero una versión de San Agustín dice que en tiempos de Cécrope nació de pronto un olivo y junto a él una fuente de agua salada. El primero pertenecía a Atenea y la segunda a Poseidón, y los habitantes del lugar se vieron obligados a optar entre ambos por el nombre que darían a su ciudad.

Cécrope convocó a todos sus conciudadanos a votar por una u otra deidad y ocurrió que todos los hombres votaron por Poseidón y todas las mujeres por Atenea. Pero esta última resultó ganadora ya que las mujeres excedían en una al número de hombres. Se dice que Poseidón, irritado, inundó el país y para calmarlo hubo que hacer sufrir a las mujeres una restricción en sus derechos. En adelante ellas no votarían en las asambleas.

"Así, Zeus dio a luz a una niña, Atenea, que emergió hecha toda una muchacha, armada y vigilante…"

vástago de la generación de los Gigantes, se confeccionó una coraza (a veces es una capa) que la acompañaría en todas sus aventuras.

Para el caso de la leyenda más aceptada, la que hizo nacer a la diosa de la cabeza de Zeus, los antiguos situaron la fuente junto a la cual nació en diversos lugares, en Beocia o en Creta, e incluso en sitios más lejanos como Libia, África, o en los confines de la Tierra. Fueron muchas, pues, las localidades que reclamaron ser la patria de Atenea, a veces por la única razón de poseer en su territorio una estatua antigua, las famosas Paladias o Paladión, unas esculturas de madera dura de regular tamaño, que se creían caídas del cielo.

Una de las más célebres de esas esculturas es la relacionada con la guerra de Troya. Apolodoro de Atenas cuenta que los troyanos tenían en su ciudad una estatua de Atenea de unos 150 centímetros de altura, con los pies juntos, una pica levantada en la diestra y una rueca y un huso en la mano izquierda. Referían que esta escultura había sido hecha por la misma diosa.

La niñez de Atenea transcurrió bajo la protección de Tritón, el hijo de Poseidón, y tuvo por compañera de juegos a su hija Palas, con la que libraban verdaderos combates, violentos y peligrosos. Ocurrió que en el medio de una agitada disputa Zeus intervino cuando Palas estaba por golpear a Atenea. Padre preocupado al fin, Zeus temió por la vida de su hija y la cubrió con su famosa égida. Atenea aprovechó entonces el enceguecimiento momentáneo de Palas frente al fulgor del escudo divino para golpearla y tenderla muerta a sus pies.

Abrumada de dolor por la pérdida de su amiga, Atenea construyó en madera una estatua lo más parecida que pudo a Palas, puso sobre su pecho la égida y la depositó en el Olimpo junto al trono de su padre.

Añade Apolodoro de Atenas que habiéndose refugiado en el Olimpo Electra, una de las Pléyades amada por Zeus, descendió con ella al país de Ilión, donde Ilo hizo construir un templo sobre esta talla.

Según la tradición, esa estatua de Palas atribuida a Atenea fue objeto del culto más importante que se celebraba en Troya y protegía la ciudad. En la misma *Ilíada*, Héctor, el héroe troyano, pidió a su madre que implorase al Paladión troyano el socorro para su pueblo.

Según otra leyenda, el Paladión fue entregado por el propio Zeus a Dardanio, rey de Troya, haciéndolo cargo de la conservación de esta estatua de la que dependería la salvación de la ciudad. Dárdano la habría instalado en una parte del templo a la que estaba prohibido acceder, y un segundo Paladión se elevaría en el santuario abierto al público.

Aunque algunas tradiciones hacen referencia a disputas entre Atenea y Zeus, como la que la ubica en una conjura con Hera y Poseidón para limitar el poder de su padre, lo cierto es que Atenea es la hija predilecta del gran rey del Olimpo, y tal vez la que con más denuedo peleó junto a su padre para acabar con los gigantes y titanes que amenazaron su reino. Ella fue quien mató a Encélado, degolló al gigante Palas y colaboró con Heracles para darle muerte a Alción. El episodio de la muerte de Encélado, cuando Atenea descargó sobre el gigante el peso de la isla de Sicilia, era conmemorado anualmente en unas fiestas que los atenienses denominaban "Panateneas".

Una diosa casta

Atenea es la personificación de la pureza y la castidad. Su belleza siempre fue severa y poco femenina, y no es casual que casi no existan leyendas que narren amores que la involucren. Apenas si se le atribuye un hijo, Erecteo, aunque no fue concebido precisamente con amor.

Feo, cojo, enano y escuálido, Hefesto es quizás uno de los personajes más desgraciados de la mitología griega. Pero lo más curioso es su inclinación a enamorarse de las mujeres más hermosas y a tener algún éxito con no poca frecuencia. Así persiguió –y en ocasiones obtuvo– a Caris, Aglae y hasta a la misma Afrodita.

Según algunos autores, Hefesto se hizo prometer por Zeus, en ocasión de ayudarlo a parir a Atenea, que le daría por esposa a la mujer que saliera de su cabeza. Más tarde, pues, reclamó lo convenido. Y aunque nada sabemos de la respuesta de Zeus, no es muy difícil imaginar la de Atenea.

Otras tradiciones sostienen, en cambio, que Hefesto se enamoró de ella cuando la diosa lo visitó en su fragua para solicitarle una armadura. Por entonces Hefesto había sido abandonado por Afrodita, y penaba su desazón. Cuando vio a Atenea, repentinamente su ánimo cambió, y deslumbrado se lanzó sobre ella con la intención de violarla. Atenea huyó espantada, pero el súbito enamorado la persiguió por diversos mares y países. Como el pobre Hefesto era cojo, debió invertir un gran esfuerzo para evitar que Atenea se le escapara, pero finalmente la alcanzó. Sin embargo, la resistencia de la diosa fue tal que el engendro resultó frustrado.

Cuando el conflicto pareció definido, algo prodigioso ocurrió. En medio de tantos forcejeos, Hefesto había dejado huellas de su pasión en la pierna de la deidad, huellas que dieron origen al nacimiento de Erecteo. En cualquier caso, la mayoría de las fuentes niegan que Erecteo pudiera ser hijo de Atenea, aunque ciertamente ella lo trató como si lo hubiera sido.

Erecteo ocupó un lugar importante en el culto que los atenienses rendían a la diosa. Incluso se menciona que al celebrarse por primera vez las Panateneas, cuya institución atribuyeron a Erecteo, éste descendió del cielo conduciendo una cuadriga, puesto que Atenea le había enseñado el arte de dominar los corceles.

El olivo sagrado que Atenea dio a los atenienses para obtener su apoyo en la disputa con Poseidón aparece en todas las fuentes como un lugar de culto en la misma Acrópolis.

Durante el transcurso de la segunda guerra médica, los persas ocuparon la ciudad obligando a los atenienses a refugiarse en la isla de Eubea, a sufrir impotentes y a ver el incendio de su ciudad desde la orilla de enfrente. Uno de los sitios arrasados fue la misma Acrópolis, que luego fue reconstruida con los recursos que proveyó la Liga de Delos; por supuesto, el olivo sagrado no se salvó del fuego. Pero la leyenda cuenta que, al día siguiente, los pocos sobrevivientes que no habían huido vieron nuevos retoños en el olivo quemado. Ésta fue la señal de que la diosa no los había abandonado, y días después triunfaron sobre la armada de Jerjes en la batalla de Salamina.

El castigo de Tiresias

Indiferente al amor y hasta hostil al deseo de los hombres, Atenea reveló su naturaleza en el episodio del cruel castigo que impuso a Tiresias. Una mañana, en que la diosa se bañaba en el río junto a la ninfa Cariclo, asomó tras un arbusto Tiresias, hijo de la ninfa, que paseaba por el bosque y se sorprendió al escuchar el murmullo de las damas. De inmediato, la diosa ofendida le cubrió los ojos con sus manos y lo dejó ciego.

Cariclo se deshizo en llanto clamando que le devolviera a su hijo la visión, y aunque Atenea había serenado ya su ira y deseaba en verdad devolver la vista al infeliz, le resultó imposible hacerlo. Por fin, y en compensación, Atenea limpió sus oídos de tal modo que Tiresias comenzó a entender el lenguaje de las aves.

Más benévola aún, le regaló a Tiresias un bastón hecho con la blanca y dura madera del serbal, "con el cual se guiaba tan seguramente como los que veían". Tiresias sería quien revelará a Edipo la verdad de su trágico origen en la famosa obra de Sófocles, *Edipo Rey*.

Protectora de héroes

En la mitología griega, la relación entre los héroes y la voluntad de Atenea quedó expresamente señalada con Heracles y Perseo. Atenea ya había colaborado con Heracles para matar al gigante Alción. Pero esa colaboración se extendió facilitándole al héroe el cumplimiento de algunos de los doce trabajos a que lo sometiera Euristeo. Todo se inició cuando Heracles, que se había casado con Mégara, la hija de Creonte, la mató en un acceso de locura. Abrumado por su crimen viajó a Delfos para consultar con el famoso oráculo. La profetisa escuchó el terrible relato de su desgracia y lo exhortó a visitar a Euristeo, rey de Tirinto, quien le impuso doce trabajos.

Una de las tareas encomendadas a Heracles fue la de matar a las monstruosas aves del lago Estínfalo, pero éstas no se movían del centro del mismo, a donde él no podía llegar. Atenea entonces le proporcionó unos címbalos fundidos por Hefesto, que el héroe hizo retumbar desde una montaña vecina. El ruido fue tan ensordecedor que provocó pánico entre las aves, las que sólo atinaron a huir levantando vuelo. Fue la oportunidad esperada por Heracles, quien comenzó a ensartarlas con sus flechas.

En otra oportunidad, Heracles se apropió, tal como le había sido encomendado, de las manzanas del huerto de las Hespérides. Temiendo la venganza de los dioses por tamaño sacrilegio, las ofrendó a Atenea. La diosa una vez más acudió en su ayuda, regresándolas al jardín original. De esta manera. Atenea desactivó lo que podría haberse convertido en la condena definitiva de su protegido.

La diosa también colaboró con Perseo, hijo de Zeus y Dánae, esta vez en ocasión de la muerte de la Gorgona. Esta mujer monstruosa, con manos de bronce y alas de oro, tenía su cabeza rodeada de serpientes y su boca provista de unos dientes como colmillos de jabalí. Sus ojos petrificaban a quien osara desafiar su mirada. Como Perseo no podía verla mientras la enfrentaba, Atenea guió el brazo y la espada del héroe, y le proporcionó un espejo de bronce que reflejaba la imagen del espantoso engendro.

Otras tradiciones señalan a Atenea como la matadora de la Gorgona: la diosa se habría acercado al monstruo mientras dormía y le habría tapado los ojos con los cabellos, de modo de escapar de su terrible mirada. Suministrada por Perseo o conseguida por sí misma, lo cierto es que la cabeza de la Gorgona fue colocada sobre la égida de Atenea, conservando allí todo su poder petrificante.

También la sangre de la Gorgona tenía propiedades mágicas. La leyenda refiere que Atenea recogió la sangre que manaba de las venas abiertas del monstruo y la entregó a Asclepios, hijo de Apolo y dios de la medicina. La sangre de las venas del lado derecho le sirvió a Asclepios para sanar a los hombres; con la sangre manada del lado izquierdo, en cambio, les daba muerte.

Aunque los troyanos amaron con pasión a su diosa protectora, lo cierto es que ésta fue muy ingrata con ellos. Colaboró desde un principio con los aqueos desembarcados en la costa de Troya, y luego dio falsos consejos a los sitiados, que esperaban de ella todo el bien que es posible esperar de un dios tutelar.

A fin de que Diomedes triunfara sobre los troyanos, Atenea hizo brotar de su casco y de su escudo un fulgor que encegució a sus enemigos, como si una verdadera masa de fuego arrollara al ejército oponente. También a Aquiles lo rodeó con una nube de llamas que lo protegió del ataque de sus enemigos.

Atenea alentó a los aqueos permanentemente, y les dio ánimos cuando sus fuerzas flaqueaban. Cuenta Pausanias, casi un milenio después de Homero, el caso de un príncipe de Arcadia, Teutis, que desalentado quiso retirar a sus camaradas del sitio. Frustrado Agamenón tras decenas de intentos de hacerlo desistir de su empeño, fue la propia Atenea la que logró persuadirlo. Para ello asumió la imagen de Melas, hija de Teutis y Ope, y se le presentó junto a su jergón en la tienda de campaña, rogándole que desistiera por su honor de regresar a la patria sin haber vencido antes a la odiada Troya. Pero el artificio no engañó a Teutis, que golpeó con su lanza e hirió a la diosa en una pierna, obligándola a reasumir su verdadera identidad. Finalmente Teutis regresó a su país en el que sólo ansiaba vivir en paz, pero Atenea no olvidó la ofensa.

Una noche se le apareció mostrándole su muslo herido y Teutis cayó enfermo para nunca más recuperarse. Además, su huerto jamás volvió a dar frutos. Sus descendientes consultaron el oráculo de Dodona, que les aconsejó construir en ese lugar un templo a la diosa. Así lo hicieron, y en su interior ubicaron una escultura que representaba a Atenea erguida pero afectada por una herida en su pierna.

También fue la misma Atenea quien impidió que Ulises, enfurecido con Agamenón por su torpeza y su soberbia, lo matara. Pero luego auspiciaría todas sus empresas, ayudándole a construir el famoso caballo de madera y hasta inspirándole la idea del mismo. Además le entregaría las armas de Aquiles, después de que éste muriera. Finalmente, Atenea ayudaría a Ulises a regresar a su hogar y a castigar a los pretendientes de su mujer, Penélope, y a reconquistar así su trono amenazado.

En la arena de Troya

Atenea está absolutamente involucrada en la guerra de Troya, puesto que no sólo ayudó a los mortales en sus luchas contra sus pares, sino que incluso asistió a sus héroes en las luchas contra los mismos dioses.

En *La Ilíada*, Homero cuenta que Atenea aconsejó a Diomedes que no luchara contra los inmortales, pero si era Afrodita la que aparecía en combate, que no dudara en arrojarle su jabalina de bronce.

Producido el encuentro, Diomedes arrojó su jabalina a la diosa y la hirió en una mano. Afrodita miró atónita la sangre que corría de ella y manchó el manto que le dieran Las Gracias. Huyó entonces del campo de batalla y luego se lamentó frente a Zeus de que un vulgar mortal la hubiese herido; Zeus le contestó sonriente:

—Querida hija, las fatigas de la guerra no se han hecho para ti; déjalas al fogoso Ares, a Atenea, y tú ocúpate solamente de los deseos y de las obras de los desposados.

Atenea la virtuosa

Desde el primer momento, Atenea fue distinguida como la diosa de la sabiduría, y su identificación con la lechuza ha justificado numerosas fábulas y cuentos para niños. En verdad, sería más propio identificarla con la racionalidad, esa insistencia griega que marcó un surco profundo en el desarrollo de la cultura occidental.

Muchas de las normas que hicieron famosa a la polis de Atenas se fundaron en algún episodio de la saga de su deidad rectora. El tradicional principio jurídico por el cual si hay paridad de votos por la inocencia y por la culpabilidad de un reo éste debe ser absuelto, se fundó en la original historia de Orestes, hijo de Agamenón. Su madre, Clitemnestra, y el amante de ésta, Egisto, asesinaron a Agamenón al regreso de Troya. Orestes huyó de la ciudad buscando refugio bajo la protección del rey de Fócida.

Ya adulto regresó a Argos y, ayudado por su hermana Electra, mató a la pareja, desatando la persecución inexorable de las Furias. Pero entonces Atenea intercedió a favor del fugitivo, planteando el caso frente al Aréopago, el célebre Tribunal de los Doce que fallaba en delitos de homicidio y deserción. La diosa se involucró de tal modo en la defensa de Orestes que terminó por presidir el tribunal e, incluso, votó secretamente por su absolución. Determinado el empate de la asamblea, desde entonces se instituyó el principio de absolución ante la paridad de votos.

Estas actitudes de Atenea la presentan al mismo tiempo tan belicosa y guerrera como animada por un espíritu de generosidad y benevolencia. Hesíodo la caracterizó como "ardiente para excitar al tumulto, hábil para dirigir los ejércitos, siempre infatigable y siempre ávida de gritos de guerra y de combate", aunque su fuerza y su valor no suponen brutalidad.

Paradigmática diosa de las ciudades, es en ellas donde se instalan sus santuarios, generalmente en la parte más alta de las mismas, la Acrópolis, el último refugio en caso de un ataque enemigo.

En el mismo sentido, a ella se le atribuye el adiestramiento del caballo de guerra, el invento de la danza guerrera llamada Pírrica y haberla bailado por primera vez para festejar el triunfo de Zeus sobre los Gigantes. Los habitantes de Argos afirmaban que también había inventado la Salpinga, una poderosa trompeta guerrera, e incluso que por su consejo Dánaos construyó la primera nave para cruzar el mar, a la que denominó Pentacontoro en homenaje a sus cincuenta hijas, las Danaides.

Pero al mismo tiempo, una leyenda rescatada por Apolodoro de Atenas nos brinda una imagen de la diosa que contradice todos los antecedentes mencionados. Cuando durante la guerra de Troya su protegido Diomedes fue herido, Atenea suplicó a Zeus por su vida.

El dios, conmovido por los ruegos de su hija, le suministró entonces una pócima que devolvería la vida a su héroe, por lo que su agradecimiento fue enorme. Mas al ingresar la diosa a la tienda del moribundo con la medicina, lo encontró devorando los sesos de quien lo había herido, ya que sus camaradas le habían traído la cabeza del desdichado. El espectáculo horrorizó tanto a Atenea que decidió en el instante dejar morir a Diomedes.

Esta actitud de la diosa guerrera se encuentra muy distante del ánimo y las costumbres de su sanguinario hermano Ares, también él dios de la guerra. Es que Atenea unía a las cualidades guerreras de su padre, la inteligencia de su madre, Metis, diosa de la prudencia. La templanza, la inteligencia y la combatividad serán por tanto sus atributos principales; no casualmente a ella imputó el pueblo heleno muchas de sus más preciadas creaciones.

La invención de la flauta

Una vez que Perseo descabezó a la Gorgona, sus hermanas Esteno y Euríale comenzaron a lamentarse con suaves y tristes sonidos que la diosa creyó emitían las bocas de las serpientes que rodeaban la cabeza del monstruo.

Fascinada por el sonido, Atenea buscó un hueso de ciervo, lo agujereó en forma bastante desprolija y empezó a soplar imitando lo escuchado. Contenta por el resultado, corrió a comunicar su descubrimiento a los otros dioses y sopló su flauta frente a ellos.

Pero tuvo escaso éxito: Hera y Afrodita hicieron murmullos y se burlaron de Atenea porque para ejecutar su instrumento inflaba inmensamente los cachetes, haciendo una mueca ridícula. Ofendida, Atenea corrió a buscar el espejo del río para comprobar si se veía realmente tan ridícula. Después de contemplar su imagen, enfurecida, echó una maldición y arrojó la flauta lejos de sí.

Los griegos creían –con razón, sin duda– que la agricultura era la base de cualquier civilización, y en Atenea reconocieron la benefactora que enseñó a este pueblo el cultivo del suelo. En la fiesta anual de la labranza, el oficiante de la ceremonia, el Buzigo, que glorificaba a Atenea por su donación, comenzaba con estas palabras la apertura del surco al pie de la Acrópolis: "No rehusarás a nadie el agua ni el fuego; no indicarás a nadie un camino malo; no dejarás sin sepultura ningún cuerpo; ni matarás al toro que sirve para tirar del arado". Este último también se contaba entre las donaciones de la diosa al pueblo de los hombres.

Decenas de fiestas se celebraban anualmente en honor de Atenea. El calendario de la actividad agrícola era naturalmente el que concentraba la mayoría. Las Chalkeia agradecían la invención del arado de bronce. A fines del invierno, las Procharisteria adelantaban el agradecimiento a la diosa por los beneficios que brindaría al final del verano. Ya en primavera, se efectuaban los trabajos de limpieza en el templo de la diosa y entonces se celebraban las Plynteria, que daban comienzo a la tarea, y las Kallynteria, que la cerraban y propiciaban la abundancia de las cosechas en el ciclo agrícola que se abría.

En medio del verano, cuando el calor abrumaba, los atenienses celebraban las Skirophoria –de skirón, sombrilla–, donde pedían ayuda a la diosa para que Apolo no incendiara sus cultivos. Muy poco después tenía lugar la Arrephoria, una misteriosa ceremonia en la que oficiaba un grupo de jovencitas elegidas un año antes y que durante un largo periodo vivían en la Acrópolis. Llegada la época de esta ceremonia, a las arréforas se les daba unas pequeñas canastas con las que descendían a un subterráneo, donde entregaban esas y recibían otras que debían dar a la sacerdotisa de Atenea. Ya a fines del verano, el pueblo festejaba las Oschophoria, que marcaban el comienzo de la vendimia.

Pero las grandes fiestas de homenaje a la diosa eran las Panateneas, que si bien marcaban el fin del ciclo agrícola, por la práctica se fueron transformando en una celebración del carácter ciudadano de Atenea.

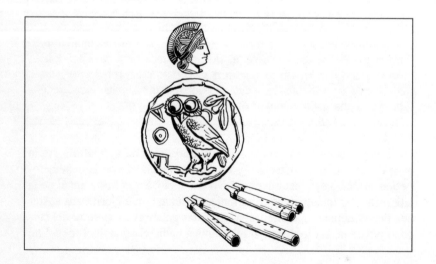

APOLO, LA BELLEZA Y LA GRACIA

polo es, sin duda, uno de los dioses más completos. En él, el pueblo griego resumió las cualidades ideales de su cultura: era hermoso, inteligente, fuerte pero dotado de gracia, valiente, sabio, sensible a la amistad, hábil para las artes y dado al placer y la generosidad. Era, además, el más cercano al género humano, y por tanto a sus vicios.

Diversas leyendas le atribuyeron variados orígenes. Una de ellas lo hacía nacer del furtivo encuentro de Hefesto con Atenea; otras, en cambio, lo dieron como nacido en Creta, fruto del amor de Coribas, el hijo de Jasón, y Cibeles, la gran madre de Asia menor; o de Sileno, el alegre participante del cortejo de Dionisos, de quien Apolo habría heredado su inclinación por la música y la danza. También se lo hizo descender de Magnes, el hijo de Eolo y Enárete, padre de los magnesios de Tesalia.

No obstante, la tradición más extendida lo señaló como hijo de una de las tantas relaciones ilegítimas de Zeus, esta vez con Leto, lo que había motivado, como era previsible, el enojo de Hera, quien había tratado de impedir el nacimiento. Se dice que la furia de Hera fue aun mayor, ya que un presagio le había advertido que ese hijo de Leto sería el más amado por Zeus, lo que obligadamente postergaría a su hijo Ares.

Para consumar su venganza, cuentan que Hera consiguió, en primer término, que Leto fuera rechazada de todos los sitios donde fue para tener a su niño, obligándola a dirigirse sólo a un lugar, donde no llegaban los rayos del sol. Leto, sin embargo, continuó su peregrinar, hasta que halló una posibilidad: Delos, una isla flotante que vagaba por el mar azotada por las tormentas. Poseidón, condolido por el infortunio de la parturienta, depositó la isla sobre cuatro pilares, para que la desdichada mujer pudiera, al fin, parir a Apolo y a su hermana Artemisa.

Aunque burlada, sostienen que Hera no se resignó, y pergeñó un nuevo plan: impediría que Ilitia, auxiliar de las parturientas, acudiera en socorro de Leto. Durante un breve tiempo la diosa pudo lograrlo, pero finalmente Ilitia pudo escaparse y corrió a brindar su ayuda a Leto.

De todos modos no sería ya necesario. La mujer había dado a luz a sus hijos y varias diosas se encargaban de lavarlos y ofrecerles el consabido néctar y la ambrosía. Luego Leto abandonó la isla rumbo al continente, mas la persecución de Hera no había terminado y fustigó a unos pastores para que expulsaran a la mujer de sus territorios.

Leto no tuvo más remedio que continuar deambulando, pero halló en su camino a impensables colaboradores. Guiada por lobos llegó a orillas del Janto, donde se bañó y consagró a Apolo ese río. Dio entonces al lugar el nombre de Licia –por Lukos, lobo– en agradecimiento a esos animales, y regresó donde había sido expulsada por los pastores, esta vez para convertirlos en ranas.

"Era hermoso, inteligente, fuerte pero dotado de gracia, valiente, sabio, sensible a la amistad, hábil para las artes..."

J. ARON
6

Burlada por segunda vez, Hera envió contra Leto a la serpiente Pitón, un dragón hembra que fuera nodriza de Tifoeo. El monstruo alcanzó a Leto en Fócida, pero entonces el mismo Apolo lanzó sobre este engendro las flechas forjadas por Hefesto, hiriendo de muerte a la serpiente, que lanzó largos y horribles gritos. Como Apolo se manchó con la sangre de la bestia, debió partir hacia el valle de Tempe para purificarse, y al cabo de un año regresó a Delfos coronado de laurel y con una rama de este árbol en la mano.

Los amores de Apolo

Un ser tan magnífico como Apolo tuvo necesariamente muchos amores, mas éstos fueron, en general, muy desgraciados. Y así como fue bendecido con su hermosura, la felicidad del amor le fue sistemáticamente negada.

La leyenda cuenta que, una tarde, Eros contemplaba maravillado el arco y las flechas de Apolo, comparándolos con sus armas. Eros, hijo de Afrodita, era quien provocaba el amor y cargaba con un carcaj de diminutas flechas que disparaba al corazón de sus víctimas, generando en ellas un desesperado sentimiento.

Mientras tanto, Apolo tomaba un baño en el río. Al salir del agua vio a Eros entretenido con sus armas y lo amonestó, enviándolo a jugar con las suyas. Eros se ofuscó, y airado le respondió a Apolo que sus armas, siendo tan pequeñas, eran aun más temibles que las suyas y juró vengarse de sus carcajadas.

Las flechas de Eros tenían la propiedad de provocar la atracción sexual más descabellada, pero también podían provocar el rechazo más categórico. Las primeras contaban con una aguda punta de oro, las otras tenían su extremo romo, y estaban hechas de plomo. Mientras Eros meditaba cómo vengarse de Apolo, acertó a pasar por allí Dafne, la bella ninfa hija de Peneo, dios del río. Y entonces se resolvió el dilema.

Dafne era una devota de Artemisa y, como ella, adoraba la caza y pretendía una vida casta y alejada de los hombres. La feliz muchacha fue elegida por Eros para llevar a cabo su funesto designio. Éste le arrojó al pecho la invisible saeta de plomo, y esperó pacientemente a que Apolo se presentara, lo que no tardó en ocurrir. Ya era pasado el mediodía y la joven había bajado al río a llenar de agua un ánfora para la comida.

Eros preparó su arco y aguardó a que Apolo encontrara a Dafne en su camino; en el preciso instante en que los ojos del dios se encontraron con la imagen de la joven, Eros disparó una flecha dorada al corazón del dios. Al punto, Apolo sintió una irresistible pasión por la hermosa

Laomedonte el explotador

La leyenda cuenta que en una oportunidad Hera, Atenea, Poseidón y Apolo se confabularon para sacudirse la pesada dominación  de Zeus. Merced a Tetis, el rey del Olimpo había tomado conocimiento del complot y logró desbaratarlo. Como castigo, Zeus impuso diversas tareas a los cuatro dioses.

En el caso de Poseidón y Apolo, el gran dios los conminó a construir para Laomedonte, rey de Troya, unas murallas inexpugnables que rodearan a la ciudad. A cambio, el rey prometió asalariar a sus dos divinos obreros.

Apolo y Poseidón trabajaron durante años para construir los gigantescos muros de Ilión pero, acabada la tarea, Laomedonte se negó a pagar por el trabajo realizado. Ambos dioses entonces tomaron sus represalias. Poseidón consumó su venganza aliándose con los aqueos cuando el sitio de Troya. Apolo pareció en un principio no guardar rencor por la alevosa traición del rey troyano, pero bien pronto envió a la ciudad una peste, mientras Poseidón hizo crecer el mar y lanzó sobre las costas un monstruo marino que durante años despobló los campos vecinos a la ciudad, sometiéndola simultáneamente mediante el hambre y la enfermedad.

doncella. Se enrojecieron sus mejillas y su corazón galopó alocado. Sin poder contenerse, se acercó entonces a declararle su amor. Sorprendida, Dafne huyó y tras ella corrió Apolo desbocado, en su boca se atropellaban las mil palabras de amor con que buscaba seducirla.

Cuando parecía que la alcanzaba, Dafne saltó una mata de espinos y penetró en el bosque alejándose de su perseguidor. Pero Apolo no abandonó su presa, y acicateado por el perfume de la joven volvió a acercarse. Dafne sangraba por las numerosas heridas que produjeran las zarzas a su cuerpo semidesnudo, y sus fuerzas comenzaron a abandonarla.

Apolo la halló, y cuando se dispuso a abalanzarse sobre ella, ocurrió un prodigio que lo dejó helado. Dafne comenzó a transformarse: su cuerpo se puso rígido y en sus pies crecieron raíces; su piel se hizo corteza y de sus brazos y sus manos brotaron ramas y hojas. Finalmente, su ensortijada cabellera creció hasta convertirse en la copa de un árbol. Apolo se quedó desconsolado y sólo atino a darle a aquel árbol el nombre de

su amada Dafne, que en griego signmifica laurel. También se hizo la solemne promesa de llevar consigo siempre una corona de ese árbol en recuerdo de su amada y ofrecerlo como premio a poetas y músicos, y a los atletas vencedores en las competencias. Así comprendió Apolo que, aun cuando contaba con armas temibles, existía una fuerza más poderosa y contra la cual no valían escudos ni gruesos muros.

Aunque herido en su corazón por el amor perdido, Apolo conoció varias veces más los arrebatos eróticos, y aunque no dejó de importunar a otras inmortales con su deseo, la inmensa mayoría de las leyendas refieren a la pasión despertada en él por bellas y terrenales mujeres. Así amó a Coricia, que le dio por hijo a Licores; y a Melia, la hija de Océano, que seducida por Apolo procreó con él a Ismenios. También buscó el amor de Ocírroe, hija del río Imbrasos.

Aquella buscó huir de su acoso en la nave de su prometido, pero Apolo los sorprendió en las costas y convirtió el barco en un peñasco, y al infortunado marinero en un pez. La remisa Ocírroe escapó por esta vez, aun cuando terminaría sus días de la peor manera: enfurecido porque su madre le negó el permiso para casarse con su enamorada, Fasis, su hijo, la asesinó.

Uno de sus mayores amores terrenales, Apolo lo mantuvo con Casandra, la extraviada hija de Príamo y Hécuba, reyes de Troya. Tanto la persiguió que ella cedió finalmente, a cambio de que Apolo le enseñara el arte de la profecía. El dios accedió, pero Casandra, una vez logrado su propósito, se desdijo de su promesa. Apolo no cedió a la furia que aquello le provocó y muy calmo pareció aceptar ese desenlace. Mas antes de dejarla en libertad le pidió que al menos le diera un beso. Cuando Apolo la besó, le quitó la capacidad de persuadir a sus interlocutores.

Tiempo después, cuando Troya se vio asediada por los aqueos, Casandra anunció la ruina de la ciudad, pero los troyanos se burlaron de ella y desacreditaron sus palabras. Lo mismo le sucedió cuando anunció que el Caballo de Troya era una maldición para la ciudad.

Más fortuna tuvo Apolo con Coronea, la hija de Flegias, a la que logró seducir. Descubriéndose embarazada del dios, Coronea temió la cólera de su padre y aceptó casarse con Isquis, que la creía virgen.

La leyenda cuenta que Apolo maldijo al cuervo que le trajo la noticia, volviendo a estos pájaros, antes blancos, del color de lo funesto. La desaprensiva Artemisa, su hermana, acabó con la vida de la ingrata Coronea y él mismo se ocupó de su marido matándolo a golpes. Al padre de Isquis, que en represalia intentó incendiar el templo de Delfos, lo cazó a flechazos y arrojó sus restos a los infiernos, donde lo condenó a un suplicio eterno. No pudiendo salvar de la furia de su hermana a Coronea, que pereció con todas sus amigas, rescató al menos al hijo que llevaba en sus entrañas. Nacido de tan desventurada circunstancia, Asclepio fue sin embargo un alma caritativa y solidaria que dedicó su vida a curar los sufrimientos de sus congéneres.

La infausta treta de Leucipo

Se cuenta que antes de su desdichado encuentro con Apolo, Dafne había rechazado los amores de decenas de pretendientes. Uno de éstos fue Leucipo, hijo del rey de Pisa, Enomao, quien ideó una estratagema para acercarse a la ninfa que ya en una oportunidad lo había desairado. Se dejó crecer los cabellos, se vistió de mujer y día tras día se fue acercando al círculo íntimo de Dafne, hasta conseguir su amistad.

Advertido Apolo —en esta versión ya enamorado de Dafne— de la artimaña de su rival, hizo que su hermana Artemisa, en la que la ninfa confiaba ciegamente, la invitara a ella y a sus compañeras a bañarse en el río Ladón. Leucipo, convocado sin saber de qué se trataba esa excursión, fue obligado por la situación a desnudarse frente al grupo de Dafne y el cortejo de Artemisa. La impostura de Leucipo despertó la ira del grupo, que lo asesinó a golpes de garrotes y piedras.

Apolo no tuvo tanta suerte con Marpesa, una joven de la que se enamoró perdidamente al punto de ofrecerle matrimonio. Marpesa tenía otros amores y despreció al dios por otro mortal, Idas, que la raptó en el caballo alado que le regaló Poseidón para huir juntos a Mesenia. Entonces Apolo los persiguió hasta dar con ellos. Luego se lanzó sobre Idas, pero en ese momento intervino Zeus para amonestar a su caprichoso y enamoradizo hijo. Además, le ordenó a Marpesa que eligiera entre sus pretendientes.

Por supuesto que Apolo no le era desagradable a la joven, pero como temía que se cansara de ella y la abandonara, eligió a Idas. Escarmentado de la irracional explosión que sufriera cuando Coronea e Isquis, Apolo aceptó la decisión de la doncella y se marchó.

Sus desventuras amorosas continuaron, más aún cuando otras dos mortales prefirieron la muerte a su amor: Bolina se arrojó al mar muy cerca de una ciudad que lleva su nombre y Castalia, natural de Delfos, se precipitó a un manantial que desde entonces adoptó el nombre de la injusta muchacha.

Creusa, al menos, no huyó de él. La leyenda cuenta que la pareja de amantes solía encontrarse furtivamente en una cueva cercana a la Acrópolis de Atenas. Creusa dio a luz en la misma gruta, sin saberlo Apolo, y tras colocar a su hijo en una cesta, lo abandonó. Cuando Apolo se enteró, le encargó a Hermes que se ocupara del niño, a quien llevó finalmente a Delfos donde lo dejó al cuidado de las sacerdotisas del templo.

El tiempo pasó y Creusa se casó con Juto. Tras varios intentos de tener familia, la pareja acudió al oráculo de Delfos, que señaló la esterilidad del joven. También les recomendó que adoptaran como hijo suyo al primer joven que encontraran al salir del recinto.

La casualidad permitió que el primer joven fuera precisamente el hijo de Apolo y Creusa, ya crecido, que vivía en las cercanías del templo. Juto lo aceptó con alegría, pero Creusa concibió la idea de envenenarlo, hasta que fortuitamente descubrió que estaba frente a su propio hijo Ión; entonces se pusieron de acuerdo en no revelar el secreto a Juto.

Pero Atenea, que supo de los acontecimientos, no logró mantener la boca cerrada y proclamó el secreto a los cuatro vientos. De todos modos, Juto no se sintió ofendido por esta circunstancia, sino que, más bien, sintió que la misma le agregaba valor a su padrinazgo.

Cirene fue otra mortal que también amó y fue amada por Apolo. La joven, hija de Hipseo, rey de los lapitas, era una hábil cazadora. Apolo la vio vencer ella sola a un león, e instantáneamente se enamoró. Deslumbrado por la doncella, se acercó con dulces palabras y fue correspondido. La transportó entonces a Lidia en su carro de oro tirado por cisnes. En el reino lidio Cirene dio a luz un niño hermoso, al que puso por nombre Aristaios. Criado por las Musas que solían acompañar a su padre, aprendió de ellas la crianza de abejas y del ganado, enseñanzas que transmitió a los hombres por las que sería recordado por siglos.

Como Dánae, la madre de Perseo, una amante de Apolo también fue colocada en un cofre y dejada a merced de las olas, cuando su padre descubrió que estaba encinta de un desconocido. Roio, hija de Estáfilos, bogó a la deriva hasta dar con la costa de Eubea. Allí dio a luz un hijo al que llamó Anio. Apolo los buscó, y cuando los halló le dio al niño el don de la profecía y los llevó a ambos a Delfos. Luego los siguió visitando, e incluso dotó del don para producir abundancia a las tres hijas que Anio tuvo con Doripa: Eno, Espermo y Elois. A la primera le otorgó poder sobre el vino, a la segunda sobre los cereales y a la tercera sobre el aceite.

Émulo de Zeus, Apolo no dudó en apelar a los más oscuros ardides para conquistar a una mujer. Así ocurrió con Dríope, a la que conoció bailando con las ninfas Hamadríades. Para obtenerla, se transformó a sí mismo en tortuga y se entregó como tal a los juegos de las ninfas. Un día que Dríope la levantó del suelo para ponerla sobre sus rodillas, Apolo se transformó repentinamente en serpiente, generando la huida desesperada de las ninfas; Dríope, en cambio, se quedó, ocasión que Apolo aprovechó para abusar de ella.

También resultó trágico su amor con Psamatea, hija de Crótopo, rey de Argos. Embarazada del dios, Psamatea se ocultó de su padre en un bosque hasta que llegó el momento de dar a luz. Pero el recién nacido, Linos, fue abandonado en el bosque y devorado por los perros de un pastor. Apolo, enfurecido, envió a la región un monstruo que asoló los campos. El héroe Corebo mató al monstruo, pero entonces Apolo contestó enviando una peste que mató el ganado y pudrió la mies en la planta. Desesperado, Corebo acudió a Delfos para consultar el oráculo, que le ordenó tomar el pesado banco de tres patas sobre el cual la sacerdotisa de Apolo daba sus respuestas, y caminar con él hasta que sus manos no pudieran soportarlo más. En ese lugar debía construir un tabernáculo de adoración a Apolo. Realizado esto, Apolo se aplacó. Al igual que su padre, Apolo también persiguió a delicados mancebos como Leucate, quien para sustraerse a su acoso se arrojó al mar desde una roca.

Dramático también fue el destino de Jacinto, amado a la vez por Apolo y sus amigos Bóreas y Céfiro. Bóreas era la divinidad del viento del norte; Céfiro era la divinidad del viento del oeste. Un día en que jugaban Apolo y Céfiro al lanzamiento del disco, este último lo lanzó con tan mala suerte que luego de rebotar en una roca golpeó a Jacinto en la sien, dejándolo muerto en el acto. Su sangre derramada sobre la tierra dio vida a una planta que aún hoy lleva su nombre.

Cipariso, otra víctima de su pasión, huyó para sustraerse a su hostigamiento, pero al llegar a la orilla del río Orontes, el despechado Apolo lo transformó en un árbol al que llamaron desde entonces con su nombre, y que no es otro que el ciprés.

La insaciable sed de Minos

Apolo tuvo varios hijos con Acacalis, hija de Minos, el famoso rey de Creta. Minos era el feliz poseedor de un laberinto en el que encerró a su esposa Pasifae y al fruto de su amor clandestino con el Minotauro. De sus nietos se recuerdan especialmente dos: Naxos, que fundó en la isla la ciudad homónima, y Mileto, que hizo lo propio dando su nombre a una de las ciudades más importantes del Asia Menor. Naxos habría sido amante de su abuelo y no dejó descendencia.

La leyenda cuenta que cuando nació Mileto, la bella Acacalis –consciente de las inclinaciones de su padre Minos–, se internó en un bosque y lo abandonó al cuidado de una loba. Unos pastores le prestaron atención y lo educaron, y Mileto así creció fuerte y sano.

Todavía adolescente y desconociendo su origen, se acercó a servir en el palacio de Cnossos, donde su belleza despertó de inmediato la atención de su abuelo. Enamorado perdidamente del mancebo, Minos comenzó a perseguirlo por todo el palacio buscando corromper su virtud, pero el joven huyó a Caria donde fundó Mileto.

Apolo y la adivinación

Por encima de su magia, sus amores y sus enconos, Apolo es el dios de la adivinación. Sólo él entre los dioses poseyó la capacidad de ver el futuro de hombres y dioses.

La leyenda narra que Apolo bajó, aún niño, del Olimpo, convencido de la necesidad de construir un oráculo para aconsejar a los hombres. Siguió su camino hasta la Fócida, y cerca de Heliarta se detuvo junto a la fuente-ninfa Telfusa. Le dijo entonces que edificaría allí un santuario y oráculo para beneficio de los mortales. Pero la fuente-ninfa, celosa de que la gloria del dios opacara la suya, lo convenció de que no era un buen sitio, puesto que el ruido de los carros y caballos perturbaría la atención de quienes vinieran a buscar una respuesta serena para sus desgracias. Telfusa le sugirió entonces continuar hacia el oeste, donde encontraría el lugar ideal para su emprendimiento.

Apolo siguió su consejo, pero se encontró con la serpiente Pitón que amenazaba la vida de su madre Leto. Una vez que mató al monstruo, iracundo por el engaño de la ninfa que lo había enviado a la muerte, regresó a Delfos para increparla, y de inmediato cegó el manantial con piedras y allí mismo edificó el altar de su templo.

Apolo pensó entonces que necesitaba hombres que lo atendieran y fueran sacerdotes de su culto. Desde la desnuda piedra en la montaña escrutó el mar y vio una pequeña nave de cretenses que se dirigían a Pilos. Convertido en un gigantesco delfín se lanzó tras la embarcación y la abordó. Asumió entonces la forma de un monstruo grande y terrible, y amenazando con hundir la nave, la llevó a las costas de Crisa. Les dijo entonces a los marineros que jamás volverían a sus hogares y que desde ese momento se convertirían en los guardianes de su nuevo templo.

El oráculo de Delfos era probablemente uno de los más fastuosos y ricos de la Antigüedad. El dinero, el oro y los mármoles fluyeron hacia allí para que centenares de obreros cumplieran el plan de elevar decenas de edificios en honor de Apolo. La casta sacerdotisa Pitia era elegida por los sacerdotes de entre las vírgenes que componían el cortejo del dios. Pero parece que la conservación de la castidad en estas damas era por demás ardua. Muchas de ellas escapaban o fingían un secuestro, por lo que en alguna oportunidad se decidió elegirlas de más de cincuenta años.

Parece que vapores de diversas hierbas quemadas en ese antro sagrado hacían caer en éxtasis a la Pitia, que comenzaba a desvariar y a emitir sonidos confusos y desarticulados que eran recogidos por los sacerdotes y luego interpretados por los exégetas, a quienes estaba realmente encomendada la tarea de improvisar frases más o menos relacionadas –aunque fuera lejanamente– con la pregunta que el visitante trajera. Como puede verse, el mensaje atravesaba un buen número de intermediarios antes de llegar a quien había formulado la pregunta, y por supuesto la interpretación final quedaba librada al mismo consultante.

La música y la poesía

Pero Apolo es también el dios de la música y la poesía, y a él se atribuye la invención de la flauta y la lira, invenciones que otros relatos acreditan a Atenea y Hermes.

Según una versión, al escuchar Apolo el sonido de la cítara, su corazón se alegró. Hermes, viéndolo calmado, no titubeó en regalarle el instrumento, y le dijo:

–Canta con esta compañera de penetrantes sones. Ve tranquilamente a llevar la alegría a los festines, en los coros de danzas, y alegra los días y las noches en los banquetes fastuosos.

La creencia griega atribuía al dios Apolo el entretenimiento de los dioses, en aquellos largos banquetes que efectuaban en el Olimpo. Las clases acomodadas de las ciudades helenas buscaban equiparar los goces divinos con grandes fiestas, en las que homenajeaban al dios realizando concursos de cítara o flauta. En estas veladas los poetas recitaban cantos célebres de otros o de su propia producción.

En Delfos mismo se llevaban a cabo cada cuatro años los llamados Juegos Píticos, que apenas tenían menos brillo que las afamadas olimpíadas. El nombre no viene de la Pitia, anfitriona por excelencia del santuario, sino que recordaba el combate de Apolo con la serpiente Pitón.

Aunque en un principio los vencedores en estas lides recibían dinero en efectivo como premio, muy pronto la tacañería del santuario rebajó los mismos a la entrega de coronas de laurel, que aunque fueran espiritualmente más gloriosas, también eran menos costosas.

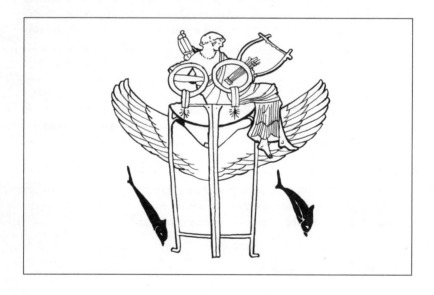

ARTEMISA, LA VIRGEN CAZADORA

o hay en toda la mitología griega figura más compleja y contradictoria que la de Artemisa, quien recibió no menos de doscientos nombres distintos en pueblos y ciudades de todo el Mediterráneo. Muchos han querido ver en ella la elaboración de un culto lunar, asociado en todas las culturas con la mujer, aunque Artemisa es probablemente la diosa más alejada de los roles adjudicados tradicionalmente a lo femenino. Hábil cazadora, odiaba a los hombres y estaba más inclinada al amor de sus compañeras, con las que vivía en lo profundo del bosque.

Aunque muchas tradiciones la confundieron con Selene, la más difundida señala que Artemisa era hija de Zeus y Leto, y había nacido un día antes que su hermano Apolo, en Ortigia, cerca de Efeso. Desde entonces, los hermanos estarían juntos y participarían en un sinnúmero de aventuras comunes. Así, Artemisa presenció la muerte de la serpiente Pitón a manos de su hermano, y lo acompañó en su expiación y en las peripecias de su servidumbre a Admeto.

También estuvieron juntos cuando la venganza del ultraje de Ticio a su madre. Ticio, un gigante hijo de Zeus y Elara, había encontrado a Leto indefensa, y no dudó en aprovecharse de ella. Artemisa y Apolo buscaron y dieron muerte al gigante a flechazos, para luego escapar de la cólera de Zeus internándose en la región de los hiperbóreos, de la cual se decía que venía su madre.

Artemisa también cumplió el deseo de su hermano de dar muerte a Coronea, quien lo había despreciado para casarse con un mortal, y juntos mataron a golpes a los Aloídas, cuyas correrías amenazaban al mismo Olimpo. Ya muertos, los ataron espalda contra espalda a una columna en el infierno, utilizando serpientes como ligaduras. Además, colocaron a su lado un búho para que chillara eternamente en sus oídos de modo de hacer su suplicio insoportable.

Otra leyenda contiene un relato distinto del mismo episodio. Según ésta, los Aloínas, dos hermanos, eran una especie de gigantes hijos de Poseidón e Ifimedea. Se contaba que una vez nacidos, la madre los regó todos los días con el agua del mar y así crecieron cada año unos cuarenta centímetros de ancho y dos metros de alto. Dotados de una fuerza prodigiosa, estos gigantes quisieron escalar el Olimpo y, aunque no lo lograron, sí consiguieron capturar a Ares, al que encerraron en un tonel por trece meses.

Los audaces gigantes no dudaron en acosar también a Hera y Artemisa. Así las cosas, la astuta cazadora pergeñó un plan para eliminarlos: se metamorfoseó en una cierva que atrajo la atención de los gigantes, quienes al verla comenzaron a perseguirla con sus flechas. En un momento, la gacela se introdujo repentinamente entre los Aloídes, y éstos se atravesaron mutuamente, pereciendo en el acto.

Artemisa era la más
hábil de las cazadoras,
odiaba profundamente a
los hombres y vivía
rodeada de sus compa-
ñeras, en lo profundo
del bosque.

J. ARON

La leyenda de Ifigenia

Dos versiones se conocen del sacrificio de Ifigenia. Una cuenta que la hija de Agamenón ya tenía predispuesto su terrible fin antes de nacer, porque su padre había prometido ofrecer a la diosa cazadora "lo que el año produjera de más hermoso". Pero la versión más conocida es la que la relaciona con la partida de las naves aqueas hacia Troya.

Cuando la flota griega esperaba en el puerto de Áulide vientos favorables para hacerse a la mar, Agamenón, para matar el tiempo, se dedicó a cazar en los bosques cercanos. No contento con haber derribado a un magnífico ciervo, se vanaglorió de ser mejor cazador que la diosa. Disgustada, Artemisa envió vientos contrarios que impidieron a la flota zarpar. Consultado el adivino Calcas por la razón de esta persistencia, dijo que la diosa, ofendida por los dichos de Agamenón, demandaba el sacrificio de su hija para conceder buenos vientos.

Presionado por su ejército, Agamenón no tuvo otro remedio que entregar la vida de su pobre hija. Clitemnestra, su madre, desesperada clamó a la diosa por la vida de Ifigenia. Llegado el instante de la inmolación, la doncella, que se había dispuesto voluntariamente, de pronto desapareció, siendo reemplazada por el ciervo de cuya muerte se había vanagloriado Agamenón. Ifigenia, en tanto, partió a unirse al cortejo celeste de la diosa.

Artemisa e Hipólito

Hipólito era el hijo de Teseo y la amazona Antíope. Por entonces, Teseo se había unido a Fedra quien, víctima de los caprichos de Afrodita, vivía una culpable y oculta pasión por su hijastro Hipólito, un mancebo fuerte y casto que adoraba a Artemisa, a la que le rendía permanentemente honras y sacrificios. Por supuesto, el muchacho rechazó las insinuaciones de su madrastra Fedra, tanto por devoción a su padre como por su falta de interés en los asuntos amorosos. Fedra, desesperada tras probar sin éxito todas las armas de la seducción, y atrapada por el despecho, acusó al inocente Hipólito frente a su padre de haber intentado violarla. Enfurecido, Teseo no puso en duda la culpabilidad de su hijo, y le pidió a Poseidón que consumara su venganza.

El señor del mar había prometido cumplirle tres deseos a Teseo, y el pedido de éste, pues, fue concedido de inmediato. Entonces Hipólito, que había sido enviado por su padre a Trecena, fue sorprendido por un monstruo que surgió del mar, y tras atacar a Hipólito se cobró su vida. Desconsolada por la muerte de su más fiel acólito, Artemisa le pidió a Asclepios que lo regresara a la vida. Entretanto Fedra –que no se había enterado de la iniciativa de Artemisa–, cayó en tal demencia que al conocer la tragedia de su amado Hipólito, confesó a Teseo su mentira y se suicidó.

La matanza de los Nióbides

Hija de Tántalo, Níobe era la feliz madre de catorce hijos junto con el héroe tebano Anfión. Siete eran varones y siete mujeres.

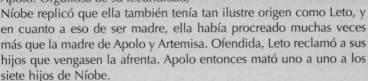

Una mañana, Manto, llena de entusiasmo religioso corrió por las calles convocando a prender incienso y ceñir sus cabezas con ramas de olivo para festejar a la gran Leto, madre de Artemisa y Apolo. Orgullosa de su fecundidad, Níobe replicó que ella también tenía tan ilustre origen como Leto, y en cuanto a eso de ser madre, ella había procreado muchas veces más que la madre de Apolo y Artemisa. Ofendida, Leto reclamó a sus hijos que vengasen la afrenta. Apolo entonces mató uno a uno a los siete hijos de Níobe.

Antes del funeral de sus siete hijos Anfión, desgarrado, se suicidó. Níobe de pie frente a los féretros exclamó:

–Aliméntate con mi dolor. ¡Oh, cruel Latona; mantente con mis lágrimas, harta tu corazón despiadado; yo muero siete veces [...] pero aun en mi desgracia y después de tantas exequias, te aventajo todavía!

De pronto, una a una fueron cayendo sobre los féretros de sus hermanos como fulminadas por un rayo las siete hijas de Níobe. Nadie se atrevió a enterrarlos y hubieron de pasar nueve días hasta que los mismos dioses lo hicieran.

La desventurada madre no pudo desde entonces articular palabra, sólo el llanto inundó su rostro y luego su cuerpo todo. Inmóvil, se transformó en piedra. Dicen que esto había sido la obra del mismo Zeus, compadecido con el supremo dolor de esa mujer.

Las leyendas de Artemisa irritada porque no se le ofrecieron los sacrificios debidos constituyen todo un clásico. Y así como arremetió contra Admeto, poblando su lecho nupcial con serpientes, algo similar realizó con Meleagro, hijo de Eneo, rey de Calidonia.

Culpable de la misma falta que le imputara a Admeto, la diosa envió a su país un jabalí para que causara estragos en la campiña. Comprometido con la defensa de su pueblo, Meleagro enfrentó y mató al jabalí, pero entonces Artemisa le envió a la Discordia para que hiciera su trabajo en el grupo de amigos del héroe. La Discordia generó una absurda pelea por los despojos del monstruo, que terminó con la muerte de la mitad de los amigos, Meleagro incluido.

Su madre y su esposa no quisieron sobrevivirle y se suicidaron; sus hermanas, por su parte, se establecieron junto a su tumba para llorarlo constantemente. Arrepentida Artemisa de su arrebato, transformó a las hermanas en aves migratorias, para que regresaran todos los años al lugar llevando luto.

Tal vez la mejor representación de Artemisa fue hecha por Calímaco, en su poema dedicado a la diosa. En ella Artemisa se presenta en toda su dimensión:

–Concédeme, ¡oh, Padre!, concede a tu hija permanecer siempre virgen y llevar diversos nombres para que Apolo no pueda disputarle. Dame como a él, arco y flechas; los Cíclopes se darán prisa a fabricarme dardos y a forjarme un carcaj. Pero dame el atributo distintivo de llevar antorchas y de vestir túnica de franjas que no descienda más allá de mis rodillas para que no me estorbe en la caza. Agrega a mi séquito sesenta hijas del Océano, todas de la edad en que aún no se lleva ceñidor. Que otras veinte ninfas, hijas de Amasios, cuiden de mi calzado y de mis fieles perros. No te pido más que una ciudad, a tu elección... Yo moraré en los montes y no me acercaré a las ciudades más que en el momento en que las mujeres, atormentadas por los agudos dolores del parto, me llamen en su ayuda.

Por qué esta diosa casta, que rechazaba el amor de los hombres y la maternidad que conlleva, tenía la atribución de atender los partos y a las parturientas, sin duda, un verdadero misterio. Cualquiera pensaría que era más lógico que Afrodita o Hestía asumieran ese lugar, pero jamás Artemisa. Es posible que el hecho de haber nacido antes que su hermano y haber ayudado a su madre en el parto, como indica la tradición, fuera el motivo de aquella atribución.

En cambio, es muy claro el señalamiento distante que hace la diosa sobre las ciudades, ya que ella personifica a la naturaleza misma. De ahí que le estén consagrados los animales salvajes como el oso, el jabalí, el león y el lobo.

Esta identificación con la naturaleza la convirtió en la protectora de la agricultura, aunque los arados y el trigo se encuentren muy cerca de las ciudades a las que Artemisa se aventura tan poco. Por el contrario, ella gozaba de la libertad de recorrer su paisaje arbolado, sus manantiales escondidos, las sombras furtivas. Flanqueada por su perro, la diosa gustaba de recorrer su reino preferido, el bosque.

En ese paisaje bucólico se sitúa el célebre episodio de Artemisa y Acteón, el hijo de Aristeo. Acteón había sido criado por el centauro Quirón en una cueva del bosque, y había hecho de aquél un cazador experto y apasionado, al grado de no tener mayor placer que compartir con su medio centenar de perros, que le respondían como un rebaño, el entusiasmo de la cacería.

Una mañana, el joven Acteón perseguía una corzuela que escapaba asustada entre la espesura. De pronto, de la arboleda saltaron al centro de la escena decenas de bellas ninfas. Entre ellas se destacaba Artemisa, de pie y desafiante, con su dignidad ofendida por la irrupción del cazador. Sus ojos despidieron llamas cuando, alzando violentamente su brazo, lo señaló, para convertirlo inmediatamente en una corzuela similar a la que perseguía. La transformación de Acteón fue tan increíble que hasta sus propios perros se lanzaron contra él, al grado de herirlo profundamente con sus afilados colmillos. El muchacho-ciervo huyó como pudo y en muy mal estado llegó, por fin, hasta una cueva donde Quirón lo puso a salvo de la jauría, aunque demasiado tarde.

Acteón no fue el único que conoció la ira de Artemisa. La diosa también terminó con la vida del héroe arcadio Bufago, hijo de Japeto y amigo de Heracles, después que aquél le expresó a la diosa su apasionado

enamoramiento por ella. Para Artemisa, semejante deseo era una forma de ultraje, y castigó el sincero amor de Bufago atravesándolo con sus flechas.

El propio Heracles sufrió la ira de Artemisa, aunque para su fortuna conservó la vida. Todo comenzó cuando la ninfa Taigeta, que fuera amada por Zeus y diera a luz a Lacedemón, había decidido recluirse de la vida mundana para adorar a su diosa Artemisa. A ella había consagrado una cierva maravillosa, que tenía cuernos de oro y pies de bronce. Pero la fatalidad quiso que uno de los trabajos encargados a Heracles fuera el de capturar y degollar al animal. La cierva era infatigable en su carrera y jamás había sido alcanzada por nadie.

Heracles se mantuvo un año entero a la zaga del animal. Finalmente, la alcanzó a orillas del Ladón, cuando ya ingresaba al santuario de Artemisa, mas cuando fue a degollarla su mano fue detenida por Apolo, quien se hallaba acompañado por Artemisa. Fue ella quien amonestó severamente al héroe, por lo que de inmediato Heracles pidió perdón, descargando las culpas en Euristeo, que le había encargado esa tarea. Artemisa entonces perdonó al héroe, y la cierva en cuestión le fue nuevamente consagrada.

Orión

Sólo una leyenda cuenta del amor de Artemisa por un hombre, y constituye el célebre mito de Orión, un cazador al que desusadamente la diosa admiró. Decidida a casarse con él, Artemisa había aceptado la posibilidad de abandonar su voto de castidad.

Pero Apolo, celoso de la felicidad de su hermana, buscó por todos los medios convencerla para que desistiera. Ya a punto de darse por vencido, puesto que por primera vez Artemisa estaba realmente enamorada, concibió una idea tan ingeniosa como perversa. Vio a Orión, que además de buen cazador era un gran nadador, cuando como todas las tardes se metía en el mar para ejercitarse, alejándose considerablemente de la costa. Apolo llamó a su hermana y la desafió a acertar en aquel puntito negro que, dijo, era un ave. Como Artemisa jamás rehusaba un desafío, inmediatamente tensó el arco y disparó. De ese modo cruel concluyó lo que hubiera sido, seguramente, el gran amor de la diosa.

Artemisa nunca toleró la transgresión de los votos de castidad de sus compañeras y fieles más cercanas. Como ya ocurriera con la ninfa Calisto, que fuera su amiga más íntima y que mancillada por Zeus recibió de Artemisa su furia vengativa, así sucedió con la joven Colmeto, que fuera su sacerdotisa en la ciudad de Patras.

En Patras, el sacerdocio era en una época confiado a jóvenes vírgenes, que hacían su voto de castidad a Artemisa permaneciendo en soledad en el santuario de la diosa. Colmeto, pobre huérfana, recibió este encargo quizá por no haber tenido familia que la defendiera. Lo cierto es que una tarde alcanzó a pasar por el templo el bello Menalipo. La joven sacerdotisa se enamoró, y pronto se supo que en el mismo templo tuvieron amores. La diosa entonces fue inflexible.

Una esterilidad manifiesta se declaró entre las mujeres de Patras. Pasaron dos años y los berreos de los recién nacidos comenzaron a convertirse en recuerdo. Los miembros más importantes de la comunidad consultaron al oráculo y éste acusó a la desventurada Colmeto, que fue apresada de inmediato y sacrificada a Artemisa, pensando que así calmarían la ira de la diosa. Pero el oráculo indicó algo más: anualmente debían sacrificarse un mancebo y una doncella, elegidos entre los más hermosos, para saldar la ofensa hecha a la diosa.

Cuando se estaba por cumplir el primer año, llegó a Patras Eurípilo, procedente de Troya. De su equipaje extrajo un cofre mediano; según sus dichos, una donación del mismo Zeus al oráculo de la ciudad. Dentro del cofre había una escultura de oro confeccionada por Hefesto, la que entregó al oráculo, por lo que éste desistió de continuar vengando la afrenta.

Más no todo es violencia y crueldad en la diosa, puesto que también fue protectora de la juventud. De hecho, además de casta y pura, Artemisa era eternamente joven, mucho más que sus pares del Olimpo. Por ello en muchas tradiciones fue adorada como la diosa de la primavera, y al llegar esta estación se le tributaban homenajes con música, cantos y danzas.

También Artemisa era solidaria con la mujer repudiada injustamente por un marido celoso, tal como refiere la historia de Procris y Céfalo.

Céfalo era hijo de Hermes y de Herse, y se había casado muy enamorado con Procris, la hija de Erecteo. Pero cuando llevaban apenas dos meses de casados, Céfalo fue raptado por Eos, la Aurora, que lo deseaba fervientemente. Transportado en el carro de la diosa, Céfalo ascendió a los cielos donde Eos se le ofreció y le demandó satisfacción a sus deseos. No obstante su insistencia, Céfalo se resistió, argumentando su amor por Procris. Como era previsible, Eos se irritó con los escrúpulos de Céfalo y le dijo con despecho:

–Cesa en tus lamentos, ingrato, conserva a Procris, un día querrás no haberla jamás poseído.

Con sus dichos, Eos sembró la duda en Céfalo, y apenas descendido a la Tierra, se disfrazó de otro hombre y se presentó frente a Procris ofreciéndole el oro y el moro a cambio de sus favores. Mas ella contestó que pertenecía a un solo hombre: Céfalo. En su intriga, el esposo insistió ofreciéndole todos sus tesoros, hasta que advirtió en la mujer cierto titubeo. Entonces volvió a su forma original, y acusó a la mujer de su perfidia y traición.

Tras escuchar las acusaciones de Céfalo, Procris huyó a Creta, avergonzada y enfurecida por la injusticia que su esposo acababa de cometer. Abarcando en su odio a todos los hombres, finalmente se unió a los acólitos de Artemisa.

Ya junto a la diosa, aprendió las artes de la caza, recibiendo de la solidaria Artemisa una jabalina que jamás fallaba y un perro al que no se le escapaba ninguna presa. Así armada, Procris regresó al Ática, donde tomó la forma de un hombre y se unió como compañero de caza al propio Céfalo.

Muy pronto, Céfalo envidió las virtudes de la jabalina mágica y del maravilloso perro de su nuevo compañero, y le ofreció por ellos no sólo todos sus tesoros, sino también la mitad de sus posesiones. Procris simuló ceder, pero le impuso como condición que lo dejara saciar en él una pasión contra natura, algo que Céfalo respondió afirmativamente. En ese mismo momento, Procris retomó su forma original, señalándole su falta y su injusticia pasada. Descubierto y arrepentido, Céfalo se postró frente a ella y le pidió la reconciliación, cosa que obtuvo.

Así las cosas, Céfalo se entregó de lleno a disfrutar de la jabalina y el perro adquirido, pasando semanas enteras en el bosque, dedicándose a la caza. El tiempo transcurrió y con él, Procris comenzó a sospechar de nuevas infidelidades de su marido. Los celos la acechaban y decidió espiarlo. Se ocultó entonces tras un matorral para observar mejor a su marido; en un momento, un movimiento en falso que realizó descubrió su presencia, y su esposo, sorprendido, giró al tiempo que arrojaba la jabalina hacia el lugar donde ella estaba. Atravesada por la lanza, Pocris murió de inmediato, y Céfalo, inconsolable, se lanzó al abismo desde un promontorio rocoso.

Artemisa y Dafnis

Hijo de Hermes y de una ninfa que lo abandonó en un lauredal de Sicilia, Dafnis fue criado primero por unos pastores, y Pan lo adiestró en la música. Era tan bello que igualmente lo requerían mujeres y hombres.

Liberales como eran en su vida sexual, los dioses no dudaron en requerirlo. Quizá su aura encantadora pueda explicar que no sólo atrajera a ninfas y mortales, sino también a la propia Artemisa, tan reacia a toda relación con el género opuesto.

Se dice que la diosa lo convirtió en compañero de sus correrías por los bosques, y que Dafnis amenizó las tertulias de Artemisa y su cofradía con cantos y con los sones que sacaba de su siringa. La leyenda dice también que la ninfa Lice, perdidamente enamorada del joven, le arrancó la promesa de que no amaría jamás a ninguna otra mujer.

Pero la fatalidad quiso que Dafnis conociera a una princesa enamorada, quien le administró un elixir que lo embrujó. Encolerizada por los celos, Lice lo cegó. Ciego, aún continuó tocando por los caminos; hasta que un día cayó a un precipicio. Se dice que su padre, Hermes, lo rescató en el aire llevándolo al Olimpo.

Las tradiciones orales que hablan de sacrificios humanos en la religión de los griegos se relacionan casi exclusivamente con la adoración de Artemisa. Así figura el caso de la aldea de Limneón, en la Laconia, donde se efectuaban estos sacrificios en el santuario de Artemisa Orthia.

Las fuentes remarcan que estos sacrificios continuaron en época de Licurgo, el mítico legislador, y que éste las cambió por flagelaciones.

La propia sacerdotisa las dirigía con la estatua de madera de la diosa en sus brazos; cuando los latigazos mermaban en su energía, la sacerdotisa demandaba que se incrementaran, puesto que la diosa le hacía saber su desagrado haciéndose más pesada.

También en la Tracia se registraron cultos similares, como fue el caso de la Artemisa Bendis, a la que los atenienses le erigieron un templo en el Ática. Allí se efectuaba anualmente el sacrificio de cuatro doncellas, buscando aplacar la sed de Artemisa por la muerte de las parturientas. La tradición afirma que decenas de estos templos se esparcieron por todas las islas del mar Egeo.

Por supuesto, como una de las principales diosas del Panteón heleno, Artemisa tenía su estatua en la Acrópolis, y un templo junto al de su hermano en Delfos.

HERMES, EL PASTOR PEREGRINO

 Hermes se lo supone por origen un culto local de la Arcadia, pero su ingreso en el Olimpo lo transformó definitivamente.

Hermes es hijo de Zeus y Maya, una de las siete Pléyades. Maya era una ninfa de hermosas trenzas que, seducida por Zeus, engendró a Hermes en una noche eterna. Las Horas fungieron como nodrizas del recién nacido. Hijas de Zeus y Temis, las guardianas de las puertas del cielo cambiaron sus pañales y le proveyeron el néctar y la ambrosía que alimentaba a los inmortales. Cuando por fin abandonó su cuna, el niño fue incontrolable, aun para las diligentes Horas.

Sabido es que los dioses –siempre tan plenos de virtudes– poseían también los vicios que los griegos reconocían en sí mismos. De hecho, el primer atributo que se le dio a este dios fue el del robo, hábito ignominioso que no se le adjudicó a ningún otro dios.

Así es que Hermes, aun cuando no había abandonado definitivamente la cuna, ya concibió la idea de apropiarse de los bueyes de Apolo, acuciado por un hambre voraz. Entonces descendió de su cuna y se dirigió a los establos de los dioses, de donde se llevó cincuenta terneras a las que obligó a caminar al revés, para equivocar a cualquier perseguidor. Luego arrojó al mar su calzado y tejió unas sandalias con ramas de tamarindo y hojas de mirto, de modo de confundir a sus pesquisas.

Al llegar a Pilos, Hermes ocultó la tropa en una caverna y separó dos terneras para asar. Se vio entonces necesitado de hacer fuego, frotando para ello una rama de olivo hasta que brotó un humo cálido. De este episodio sacaron los antiguos helenos el origen del fuego que Hermes legó a los mortales. Provisto de éste, Hermes cocinó una parte y la dividió en doce porciones, una para cada uno de los dioses. Extendió luego las pieles sobre una roca para que se secaran, cocinó el resto de la carne e hizo desaparecer las cenizas. Finalmente, tras haber comido hasta hartarse, regresó a su cuna.

Maya, su madre, no llegó a notar siquiera su ausencia. Niño travieso al fin, Hermes le contó sus aventuras a Maya y a pesar de sus recriminaciones el pequeño bribón redobló la apuesta, prometiéndole que ahora saquearía el templo del mismísimo Apolo en Delfos.

Apolo, por supuesto, se enteró del robo, pero por más que buscó afanosamente no pudo dar con los bueyes y, mucho menos, con el que se los llevó. De todos modos, su don de la adivinación le permitió saber quién lo había saqueado, y de inmediato se presentó en la caverna de Maya a reclamar por lo suyo. Maya y Hermes negaron enfáticamente las acusaciones, pero Apolo no se dejó engañar y, tomando a Hermes, lo hizo prisionero. Entonces el pequeño tuvo una idea: le propuso al enojado Apolo llevar el caso hasta Zeus, para que él tomara una decisión.

Ya en presencia de Zeus, Hermes volvió a mentir descaradamente. Y dirigiéndose a Apolo señaló con gravedad: "Tú sabes bien que no soy

"Mensajero de los
dioses, Hermes
siempre estaba
dispuesto a pres-
tar su ayuda…"

culpable y añado el gran juramento: no, yo no lo soy. No, por los soberbios pórticos de los inmortales".

Zeus, que lo observaba con mucha atención, no pudo menos que
romper en risa ante tanto descaro y, recomponiéndose, le ordenó a Hermes ayudar a Apolo a buscar los mentados animales. Como no podía
desobedecer al mandato de Zeus, Hermes finalmente llevó a Apolo hasta donde había escondido la tropa, y se la entregó. Luego se sentó tranquilo a tocar la lira y a cantar alegremente.

Apolo al escuchar la música se maravilló, y en un dejo de virtuosa
entrega, Hermes se la regaló, conquistando definitivamente su corazón.
Además le prometió que jamás volverá a robarle ni acercarse a su man-
sión. Agradecido, Apolo le prometió entonces su amistad.

La invención de la lira

"Nacido a la Aurora, de día tocó la cítara y de noche
robó los bueyes de Apolo." Así describe el himno
Homérico al divino Hermes. Apenas ha nacido, comenzó con sus prodigios.

Una vez que salió de la gruta en que lo acunó
Maya, Hermes recogió del suelo una tortuga. Pobre
criatura, cómo podría imaginar que Hermes la vaciaría
para apropiarse de su caparazón. Luego buscó unas cañas
que cortó de distintas medidas y las acomodó en el caparazón, a la
vez que extendió encima del instrumento un cuero de buey. Sobre las
cañas tendió siete cuerdas hechas de tripa de cordero. Contento con
su nuevo invento, comenzó a cantar los amores de su padre y Maya.

Los trabajos de un bribón

Hermes participó a menudo de los asuntos de los mortales. Pero tuvo
especial predilección por ciertos héroes, sobre todo por los de genio
particular y no los simplemente osados o invulnerables.

Cuando el regreso de Ulises a Ítaca, su nave recayó en la isla de
Eea, en los dominios de Circe. La maga, con sus artilugios, convirtió a
los hombres en animales, y sólo escapó del embrujo Euríloco, quien pudo poner al tanto de las novedades a su jefe.

Desesperado, Ulises invocó la ayuda de los dioses, siendo Hermes el
que se presentó a brindársela. Hermes le entregó al momento una planta

que lo preservaría de la maga. Armado de este amuleto, Ulises enfrentó a Circe y logró que les devolviera la forma humana a todos sus compañeros.

Mensajero de los dioses, Hermes siempre estaba dispuesto a prestar su ayuda. Hasta el propio Zeus le debía su vida, puesto que aquél unió pacientemente los nervios de las manos y los pies del gran dios cuando se los cortó el gigante Tifoeo. Hermes recibió entonces como agradecimiento el famoso casco que lo hacía invisible.

También ayudó a Zeus cuando la celosa Hera convirtió a Ío en vaca. Entonces, Hermes mató a Argos para liberar a la muchacha del cruel suplicio que la diosa le había impuesto. Hera no le perdonó su intervención, y lo persiguió hasta que el propio Olimpo en su conjunto se puso de parte del pícaro dios y lo rescató.

Zeus también le confió a su hijo Dioniso, nacido de sus amores con Sémele, puesto que Hera, inexorable, perseguía la muerte del vástago. Hermes tomó a Dioniso y lo retuvo en Eubea. Luego lo entregó a la crianza de las ninfas del Monte Nisa. Y hasta Apolo confió a Hermes el fruto de sus amores con Coronea.

Padre enamorado y solícito, Hermes se hizo cargo también de su hijo Pan, al que su esposa, la ninfa Dríope, abandonó. Pan no era un niño cualquiera; dios con pies de cabra, barbado y con dos cuernos, aterrorizó de tal manera a su madre e incluso a su nodriza, que ambas desistieron de su crianza. Hermes, en cambio, nunca lo abandonó, maravillado con ese niño dulcemente risueño, que no paraba de cantar y danzar. Finalmente lo envolvió con un manto hecho de pieles de liebre de monte y lo condujo al Olimpo. Un caso ejemplar entre tantos dioses que raramente se preocuparon de su descendencia.

También acudió en ayuda de Perseo en su lucha contra la Gorgona. La leyenda cuenta que Perseo, hijo de Dánae, para ganarse la voluntad del rey Polidectes, le prometió inconscientemente la cabeza de aquel monstruo.

Las Gorgonas eran tres, pero Perseo buscó a Medusa, la única mortal de ellas. Su piel y sus vestidos eran negros, poseía alas y una cabellera de bronce repleta de serpientes venenosas. Pero lo más aterrador eran sus ojos, que dejaban petrificado al que los mirara. Muy tarde comprendió Perseo el abismo al que su imprudencia lo había arrojado.

Es entonces cuando apareció Hermes y se interesó por la tristeza que abrumaba al héroe. Una vez que éste le contó su desdicha, Hermes le aseguró que con su ayuda y la de Atenea lograría triunfar sobre el monstruo. Le indicó entonces que debía buscar primero a las Greas, que sólo tienían un ojo y un diente, y conocían el secreto para vencer a Medusa. Obtenidos los datos necesarios, Perseo marchó a enfrentar a la Gorgona, armado con una espada con un garfio de acero que el propio Hermes le dio, garantizando su éxito.

Ya de regreso, Perseo realizó otras varias hazañas y finalmente, en agradecimiento por su ayuda, le regaló a Hermes las sandalias, el manto de Hades y el zurrón que utilizó para vencer a Medusa y guardar su cabeza cercenada. La testa del monstruo, en cambio, se la donó a Atenea.

Hermes también acompañó a Heracles hasta el Hades para ayudarlo en su empresa de capturar al can Cerbero. Juntos llegaron a las puertas del infierno y, al penetrar, vieron que las sombras de todos los que habían sido huían a esconderse. Sólo quedaron las de Medusa y Meleagro; Heracles desenvainó su espada, pero Hermes lo tranquilizó; eran solamente sombras inofensivas.

Al acercarse al palacio de Hades encontraron a Teseo y a Piritoo, el famoso jefe de los lapitas que combatiera a los centauros, encadenados ambos en las entrañas de la Tierra. Heracles quiso rescatarlos y tomó a Teseo de un brazo sacándolo del abismo, pero cuando intentó hacer lo mismo con Piritoo, tembló la tierra y, atemorizado, Heracles lo dejó allí. Había sido la misma Perséfone, esposa de Hades, quien lo había condenado por la osadía de pedir su mano a los dioses.

Llegado frente a Hades, Heracles expuso el motivo de su estancia allí. Pero será Hermes quien convenza al señor de los muertos para que deje partir al perro. Hades sólo estableció como condición que Heracles no usara armas para reducirlo y que no lo hieriese de ningún modo. El héroe, revestido de su coraza y la piel del león de Nemea que cazó en su primer trabajo, encontró al perro a las puertas del Aqueronte. Sin darle tiempo lo cogió por el cuello y, aunque el dragón de su cola lo mordió, consiguió sofocarlo lo suficiente como para obligarlo a que lo siguiera.

Regresado a Trecena, Heracles presentó el can a Euristeo, quien lo devolvió a Hermes para que lo condujera nuevamente a los infiernos.

A veces los encargos a Hermes excedían los requerimientos individuales y respondían a un pedido del Olimpo entero. Tal es el caso de cuando Ulises estaba prisionero de las invisibles redes de la ninfa Calipso, tras un naufragio del que fue el único sobreviviente. Llegado tras nueve días de vagar por el mar en una tabla a la isla de Ogigia, la ninfa Calipso lo vio y se enamoró de él, reteniéndolo a su lado por siete años, con la promesa de la inmortalidad y la eterna juventud. El Olimpo entero, preocupado por el destino del rey de Ítaca, le pidió entonces a Hermes que lo liberara de su cautiverio.

Homero nos muestra a Hermes disponiéndose para el viaje: "Ata a sus pies las bellas y divinas sandalias de oro que lo llevan, ya sobre las olas, ya sobre la tierra inmensa, tan rápido como el soplo de los vientos". Ya en la isla, Hermes se enfrentó a Calipso y mientras despertaba de su anonadamiento a Ulises, intimó a la ninfa para que dejase partir al héroe, puesto que lo esperaban en Ítaca. Aunque abrumada por la tristeza, Calipso construyó una balsa para Ulises, quien así emprendió la travesía que por fin lo llevaría a su patria.

También fue Hermes quien socorrió al anciano Príamo para llevar a Troya el cadáver de su hijo Héctor, en parte gracias a su exquisito don de la oratoria que conmovió a Aquiles.

Un crimen solucionado con juegos

África y Medio Oriente tienen un considerable espacio dentro de los mitos helenos. Se cuenta que Poseidón violó a la mortal Libia y que ésta tuvo dos hijos: Belo y Agenor. Belo casó con una hija del Nilo y dio a luz a un niño y una niña: Egipto y Danao. Aquél fue monarca del reino homónimo y a Danao dio su padre el trono de Libia. Prolíficos, Egipto tuvo cincuenta hijos y su hermana cincuenta hijas. Pero advertida por un oráculo –o, como dicen otras fuentes por temor a los hijos de Egipto– Danao abandonó su tierra con toda la familia. Atenea le suministró el primer barco de cincuenta remos que se viera. Con su navío se dirigió a Argos, pero antes desembarcó en Rodas, donde construyó un santuario en honor de Atenea.

Ya en Argos, Danao disputó con el rey local, y con la ayuda de los dioses se hizo del trono. Entonces llegaron a la Argólida los cincuenta príncipes de Egipto a pedir la mano de las hijas de Danao. Ésta accedió y en pocos días se efectuó la ceremonia para unir a las cincuenta parejas.

Pero la noche de bodas se vio ensangrentada cuando las hijas de Danao apuñalaron a sus maridos. Sólo Hipermnestra perdonó la vida a su esposo Linceo y fue encarcelada por su padre. Las otras cuarenta y nueve arrojaron las cabezas de los infortunados esposos al lago de Lerna y enterraron sus cuerpos a la entrada de Argos.

A Hermes le encargó Zeus que purificara las almas de estas desdichadas criminales, y éste no tuvo mejor idea que armar unas competencias gimnásticas de modo de conseguir nuevos maridos para las hijas de Danao.

Habiendo Pandareo robado un perro de oro de un santuario del rey del Olimpo, no tuvo mejor idea que dárselo a guardar a Tántalo, creyendo que éste era inmune a las pesquisas de los dioses. Pero Apolo y Hermes se presentaron reclamando lo robado. Nada escapaba a Apolo, y Hermes, su hermano, lo secuestraba.

Tántalo negó todos los cargos y para congraciarse con ambos dioses, los invitó a un gran banquete. Pero lo que Tántalo les sirvió en una bandeja convenientemente aderezada fue el cuerpo cocido y en pedazos de su hijo Pélope. Aterrados, los dioses rechazaron el convite, y decidieron que Zeus le aplicase un castigo ejemplar. El señor del Olimpo, conocedor de la voracidad que tenía siempre Tántalo, lo condenó al hambre y la sed perpetuas. Además, ordenó a Hermes volver a dar vida al masacrado Pélope.

Los amores de Hermes

Hermes era el padre de Dafnis que, muerto tras la ceguera que le provocó la despechada ninfa Lice, fue conducido al Olimpo donde vivió desde entonces. En el lugar donde Dafnis cayó, Hermes hizo brotar una fuente a la que los habitantes de Sicilia iban anualmente a ofrecer sacrificios.

Hermes rescató también a Quione, una ninfa acosada por un campesino. Muy pronto compartió el amor de ella con Apolo, que no vaciló en tener amantes compartidas, sobre todo si este "arreglo" lo hacía con un amigo por el que guardaba sincero afecto. La hija de Dedalión le dio a Hermes un hijo a quien llamó Autólico.

El mensajero de los dioses dejó casi siempre alguna herencia a sus hijos. No fue la excepción en este caso, puesto que le entrega a su vástago la capacidad de metamorfosear todo lo que robara, en especial animales.

Queriendo emular a su padre, y ya grande, Autólico robó los bueyes de Sísifo. Éste agotó meses buscándolos sin éxito, mientras el muchacho gozaba de su travesura. Finalmente, Sísifo se dio por vencido pero, escarmentado, hizo con un hierro al rojo un signo en las pezuñas de sus animales.

Al tiempo, envalentonado por haber salido indemne de su anterior incursión en los establos de Sísifo, Autólico volvió a robarle algunos bueyes, y para evitar su identificación los transformó en cabras. Pero esta vez Sísifo reconoció a sus animales en el corral del ladrón. Ya se iba a las manos con Autólico cuando acertó a pasar por allí su hija Anticlea. Sísifo se enamoró de la bella joven y Autólico le concedió su mano para hacerse perdonar.

El dinero de Hermes

Dice Diodoro de Sicilia: "Es Hermes el primero que ha encontrado el peso y la medida, la ganancia y el engaño". Así se convirtió Hermes en dios del comercio, y era adorado por negociantes y especuladores. Sobre todo estos últimos trasladaron al dios su fama.

Se dice que en Samos se celebraba anualmente una fiesta en la que durante su transcurso estaba permitido robar. Era común que los ladrones se encomendaran a Hermes en la búsqueda de protección para sus correrías.

Ciertamente, apenas nacido, Hermes acometido el famoso robo de los bueyes de Apolo; pero todos los dioses tenían algún reclamo y alguna pérdida para anotar en la cuenta del sagrado mensajero. Se dice que Hermes robó a Poseidón su tridente, a Hefesto sus tenazas, su ceñidor a Afrodita, y hasta el cetro al propio Zeus.

Pero un caso extraordinario es el de la ciudad de Pérgamo durante el reino macedónico. Los comerciantes inescrupulosos que fueran encontrados en delito flagrante podían evitar el castigo judicial, oblando una suma determinada que llamaban "el dinero de Hermes".

Hermes también fue el padre de uno de los argonautas, Etálides, que fuera el heraldo de Jasón y sus camaradas. Se cuenta que habiéndole prometido su padre concederle lo que él pidiera, excepto la inmortalidad, Etálides le pidió conservar la memoria de las distintas vidas que atravesara su espíritu. Es ésta, quizás, una de las pocas leyendas griegas que refieren a la transmigración de las almas, más comunes en otras culturas, como la india.

El episodio de la ninfa Quione no es el único en las relaciones de Hermes y Apolo. También compartieron el amor de Acacalis, la hija de Minos, que diera varios hijos al dios solar. Se dice que Hermes la sedujo y de sus relaciones nació Cidón, héroe fundador de la ciudad de Cidonia en Creta.

Los encontronazos con la familia de Minos continuaron en el episodio de Apemosina. Un hijo de Minos, Catreo, preocupado por la sucesión de aquél, consultó una vez al oráculo para que le dijera cómo y cuándo moriría su padre. Aunque el augur no pudo darle una fecha precisa, sí le dijo que Minos moriría a manos de uno de sus nietos. Advertido Catreo del nefasto destino que esperaba a su hijo Altamenes, le rogó que abandonara Cnossos y no regresara jamás. Obedeciendo a su padre, Altamenes y su hermana Apemosina dejaron la ciudad para establecerse en un alejado rincón de la isla.

Allí la descubrió Hermes, y una pasión incontenible se despertó en su pecho. Pero Apemosina era más veloz que el hijo de Zeus y Maya, y por más esfuerzos que éste hizo para alcanzarla, aquélla siempre se escapaba. Hermes ideó entonces una estratagema que le dio resultado. Extendió decenas de pieles de animales recién degollados a lo largo de un estrecho sendero. Esperó luego a que la doncella apareciera y la acosó en dirección al camino previsto.

Apenas ingresada en él la muchacha resbaló y antes de que pudiera levantarse, Hermes ya estaba sobre ella satisfaciendo su deseo. La leyenda da un final absurdo a esta historia: cuenta que Apemosina contó a su hermano el ultraje que cometiera Hermes con ella, pero su hermano no quiso creerle y la mató de un puntapié.

Las virtudes de Hermes

Entre las virtudes de Hermes, que lo hicieran tan querido para mortales y dioses, se cuentan la flexibilidad, la inteligencia y la benevolencia, pero aun por encima de ellas, siempre se destacó su indulgencia para con la transgresión a las reglas de la moral y las buenas costumbres.

También fue un virtuoso para coronar grandes invenciones. Más alla de la lira, las sandalias y el arte de producir fuego, se le atribuyó la invención de las letras, las que regaló a los egipcios. Además se le adjudicaba gran conocimiento de la astronomía e incluso de las matemáticas, y se cargó a su haber la fijación de las primeras leyes de los hombres y un sinnúmero de reglas de pesos y medidas.

Pero entre los atributos más curiosos y perdurables de Hermes se encuentra aquel que lo convirtió en el dios protector de los caminos y los caminantes. Desde muy antiguo se establecieron unos montículos de piedras llamadas "hermas", que ayudaban a los viajeros a encontrar su rumbo. Estos montículos eran agrandados continuamente puesto que cada caminante dejaba caer en ellos una piedra al pasar por allí. De ser posible, la costumbre agregaba que el peregrino debía dejar allí higos y otros alimentos para acudir en socorro de algún caminante necesitado.

Las hermas fueron variando paulatinamente su aspecto tosco por formas más elaboradas hasta convertirse en monolitos, columnas cuadrangulares coronadas con una cabeza de Hermes, y casi siempre adornadas con un falo erecto. Posteriormente se agregaron alas que señalaban direcciones. He aquí el curioso origen de las señales de los caminos.

También se atribuyó a Hermes la invención de los deportes gimnásticos, como la lucha, el pugilato, la carrera y el salto. En especial se le imputó haber creado el arte de trepar, "la palestra", puesto que su propio hijo se llamó así. También se le encargó a Hermes el cuidado de la salud y la conducción de las almas de los muertos al Hades. Pero se encuentra más extendida su atribución de dios de la fecundidad y por eso su imagen aparece siempre asociada al falo erecto y el macho cabrío. Aunque hermafrodita en muchas leyendas, los árcades resumieron en él su concepto del dios viril y fuerte, héroe y guerrero.

ARES, SEÑOR DE LA GUERRA

l dios de la guerra, el Marte latino, es tal vez uno de los personajes más antipáticos del Olimpo. Señor de la violencia, gozó recorriendo en su carro los campos de batalla, siempre acompañado por sus hijos Deimos, el temor, y Fobos, el espanto. Lo más paradójico es que ambos hijos fueron concebidos con Afrodita, la diosa del amor y la voluptuosidad.

Dios atractivo y de tórax robusto, lucía un casco empenachado, espada y lanza, armas a las que sumó una antorcha encendida que tendría una gran tradición en los usos militares griegos. En las guerras, dos sacerdotes iban al frente de los soldados y arrojaban sus antorchas sobre las fuerzas enemigas, dando así la señal para el inicio del combate.

Todos los relatos lo retrataron brutal y despiadado. Hasta su nacimiento estuvo atravesado por las nubes del rencor y de la venganza. Ares no conoció la ternura, sino el despecho. De hecho, su madre

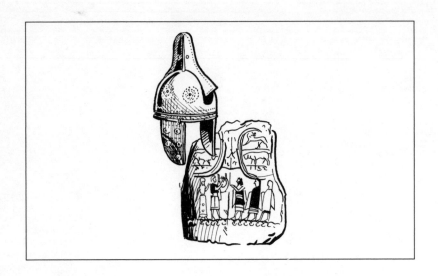

Hera, ofendida y rencorosa por el nacimiento de Atenea, lo concibió por el simple contacto con una flor maravillosa de la llanura del Oleno.

Hasta el mismo Zeus lo rechazó, e igual actitud tomó casi todo el resto de las divinidades. Algunas, como Atenea, con mayor hostilidad.

Las diferencias de Ares con esta última giraron en torno de la conducción y dirección de la guerra misma, que se suponía debía corresponder a la diosa de la sabiduría y la razón. Atenea rechazó siempre el combate irracional de quien amaba la violencia por la violencia misma, representando ella la inteligencia y la madurez de quien se dispone a la lucha sólo en defensa de sus ideales y su libertad.

La guerra de Troya fue por excelencia el escenario en que se dividieron las opiniones en el Olimpo. Ares, Apolo, Artemisa y Afrodita apoyaron a los sitiados, aunque Ares se había inclinado en un principio por los invasores. Hera, Atenea y Poseidón, a los sitiadores; más tarde se incorporaron a este grupo Hermes y Hefesto. Zeus, por su parte, trató de sustraerse al conflicto, pero no vaciló cuando Hera le pidió su beneplácito para herir a Ares, cuyo cambio de bando fortaleció a los troyanos.

Ares había prometido a su madre auxiliar a los aqueos, mas cuando la batalla comenzó, empuñó su gigantesca jabalina junto a Héctor y los héroes troyanos. El pánico que produjo su acción en las filas aqueas dio motivo a Hera para doblegar su rencor y pedirle a Zeus permiso para accionar contra el dios guerrero. Le dijo entonces:

—Poderoso Zeus, ¿te encolerizarás si alejo del combate a Ares gravemente herido?

"Señor de la violencia, gozó recorriendo en su carro los campos de batalla..."

Y Zeus le respondió:

–Ve, envía contra él a Atenea, que está especialmente acostumbrada a hacerle conocer los sufrimientos crueles.

Con la máxima autorización dada, Atenea se calzó el casco de Hades, e invisible se internó en el combate. Junto a Diomedes en su carro, fue al encuentro de Ares, que al ver al griego le lanzó su jabalina, pero la diosa la desvió, guiando en cambio la del rey de Argos para atravesar con ella la cintura de Ares, quien huyó de la batalla espantado y sangrante. Luego, indignado, protestó ante el propio Zeus, pero éste desestimó rápidamente sus quejas, consintiendo sólo que lo curasen.

Ares, herido en su cuerpo y en su orgullo por el desaire de Zeus, no esperó a restablecerse por completo, y de inmediato regresó a la lucha para enfrentar a Atenea, a quien le dijo:

–¿Por qué, perra imprudente, introduces la discordia entre los dioses? Tu audacia es insaciable y tu corazón está henchido de orgullo... has de expiar ahora todo el mal que has hecho.

Acto seguido le lanzó su jabalina, pero nuevamente fracasó. Atenea, en cambio, tomó una gigantesca piedra y con ella golpeó la garganta de Ares, que herido se desplomó en medio del campo. Afrodita, que vio la escena, acudió de inmediato para auxiliarlo, pero Atenea se acercó a ella y con sólo poner su mano encima del hombro de la diosa, la dejó tan tendida como a aquél.

Los hijos de Ares

Aunque signado por la brutalidad, Ares fue también un dios fecundo en amores y descendencia. Además de sus más conocidos hijos Deimos y Fobos, se cuentan otros como el propio Diomedes, Cicno, Enomao, Meleagro, Eropo, Licasto, Flegias, Ixión, Ascálafo y Yalmeno. Habría tenido además varias hijas, entre las que se destacan Alcipe y Harmonía, a la que en un arrebato de generosidad dio por esposa a su ex enemigo Cadmo.

Pocos datos se tienen de sus hijos Yalmeno y Ascálafo, aunque se los menciona siguiendo a Jasón y sus Argonautas, y poco después pretendiendo a la joven Helena, hija de Zeus y de Leda, motivo del comienzo de las hostilidades entre aqueos y troyanos. Ascálafo resultó hijo de Ares y de la ninfa Orfné, una de las más famosas y bellas del Averno, sitio al que, según parece, Ares era muy aficionado. El muchacho luego sería transformado en animal, ingresando a la leyenda cuando fue testigo involuntario del desliz de Perséfone.

Ascálafo es convertido en búho

Perséfone, hija de Deméter, fue raptada por Hades con el consentimiento de Zeus. La joven jugaba con sus compañeras en la llanura de Nisa cuando frente a sí surgió un hermoso narciso; cuando intentó recogerlo, la tierra se abrió a sus pies y cayó hincada en el carro de Hades que la esperaba para llevarla a su reino y hacerla su esposa. Deméter buscó por todas partes a su hija y así llegó a Eleusis. El Sol le confirmó quién había sido el ladrón de su hija y quién su cómplice.

Furiosa, Deméter arremetió contra Zeus, condenando a la humanidad al hambre; con artilugios mágicos, hizo que las semillas desaparecieran o no dieran frutos, y que los animales murieran. Zeus, preocupado ante tal situación, envió entonces a Hermes hasta donde estaba Hades, rogándole a éste que dejara aparecer sobre la tierra a la joven Perséfone, para así calmar la angustia y la venganza de su madre.

Aunque las fuentes no coinciden del todo, parece que nuevas inquietudes alteraron la tranquilidad del rey del Olimpo. Deméter no sólo quiso destruir a las tribus de los hombres sino que, alejada de los otros dioses, formó un reino alternativo en Eleusis. Así, por primera vez, Zeus enfrentó la sedición y el separatismo entre los mismos dioses.

Hades consintió entonces en mostrar a Perséfone a su madre, aunque antes le suministró a la doncella unas semillas de granada que le harían insoportable la convivencia con aquélla, de modo de asegurarse su regreso. Ovidio, en cambio, dio otra versión de los sucesos. Según él, a Perséfone le había sido prescripta la abstinencia: nada debía comer ni beber en los dominios de Hades, de otro modo contaminaría su ser y se le haría imposible el regreso junto a Deméter. Pero errando por los jardines probó una granada y Ascálafo, hijo de Ares, la denunció. Con esta revelación impidió su regreso. Entonces Perséfone, joven pero poderosa, convirtió a Ascálafo, hijo de Ares, en un búho, ave que sólo trae funestos presagios. El tribunal del Olimpo decidió, por fin, que Perséfone sólo permaneciera con Hades un tercio del año, y así en la tierra volverían a salir los frutos y brillar las flores.

Otros conflictos

También Heracles tuvo sus problemas con Ares y sus hijos, aunque siempre protegido por Atenea, Apolo y Hermes. Uno de los más sonados fue el de Diomedes, coincidente con el octavo trabajo del héroe. Hijo de Ares y Cirene, Diomedes, que era un fanático de los caballos, había criado cuatro yeguas a las que alimentó con carne humana.

Por entonces Heracles había recibido de Euristeo la misión de traerle las yeguas de Diomedes, por lo que el héroe se dispuso a enfrentar al hijo de Ares y a sus bandas de bistonios bien armados. El héroe robó las yeguas y luego salió al encuentro de los bistonios, dejando los caballos al cuidado de su amigo y amante Abderos. Pero durante su ausencia las cuatro yeguas despedazaron al joven y se lo comieron.

Heracles regresó luego de haber vencido a los bistonios y haber hecho a Diomedes prisionero. Al ver el fin que había tenido su amigo, condenó a Diomedes a una muerte similar. Luego liberó a las yeguas, las que a su vez fueron devoradas por bestias feroces.

Las temidas yeguas

Una versión de la leyenda cuenta que las yeguas de Diomedes eran en realidad las hijas de éste, y que eran horribles de aspecto. Hay lingüistas que señalan que la palabra *hippos*, que designa a los nobles equinos, también refería en la antigua Grecia a cortesanas y hembras ligeras de moral, y también a las mujeres feas.

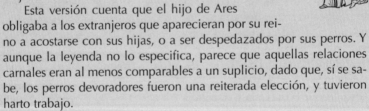

Esta versión cuenta que el hijo de Ares obligaba a los extranjeros que aparecieran por su reino a acostarse con sus hijas, o a ser despedazados por sus perros. Y aunque la leyenda no lo especifica, parece que aquellas relaciones carnales eran al menos comparables a un suplicio, dado que, sí se sabe, los perros devoradores fueron una reiterada elección, y tuvieron harto trabajo.

La muerte de Diomedes no hizo más que exasperar el odio de Ares por Heracles, y por sus hermanos Apolo y Atenea, que repetidas veces se constituyeron en los defensores del héroe. Muy pronto volvieron a enfrentarse, esta vez cuando a Heracles le fue encargado apropiarse de las manzanas del jardín de las Hespérides.

El jardín de los famosos manzanos había sido un regalo de bodas que Hera recibió cuando su matrimonio con Zeus. Al principio puso al cuidado del vergel a Atlante, pero según parece las hijas del dios robaban las manzanas y Hera decidió confiar la tarea a un ser menos corruptible, un fabuloso dragón de cien cabezas que fuera hijo de Tifoeo y de Equidna. El monstruo espeluznante era, en fin, su propio nieto.

Pero mucho antes de que el héroe alcanzara el jardín, Ares y sus hijos se constituirían en un escollo. La leyenda cuenta que subidos a sus carros, Ares y Cicno, el domador de corceles, bloquearon a Heracles el cruce del río Equedoro.

Cicno, gigante hijo de Ares y Pelopea, era salvaje y cruel; atacaba a los que atravesaban el camino de Tempe a las Termópilas y los decapitaba, utilizando luego los cráneos para construir un templo para su padre. Heracles intimó a Cicno para que se hiciera a un lado, pero éste se negó, golpeando con su lanza el escudo de Heracles que, gracias a su increíble protección, soportó cien golpes más del gigante. Por fin el héroe contraatacó y lanzó su jabalina, con tal puntería que atravesó al gigante por el cuello, matándolo en el acto.

Ares, enfurecido con Heracles que le acababa de matar a su tercer hijo, se lanzó contra él. Sus hijos Deimos y Fobos condujeron el carro, mientras el padre buscó herir a Heracles con su lanza. Desde el Olimpo no tardaron en intervenir.

Primero, Zeus envió un rayo y dejó caer gotas de sangre sobre los contendientes para hacerles saber que lo entristecía la pelea de ambos. Luego, Atenea reclamó a Ares que abandonase el combate, pero Ares la ignoró y volvió a la carga con su lanza, que la propia diosa desvió del blanco. Ares, enceguecido por la ira, bajó del carro con la espada en la mano y se lanzó una vez más contra el héroe. Pero Heracles, más sereno, lo esquivó, mientras con su lanza desgarraba el muslo del dios. Fobos y Deimos entonces rescataron a su padre herido y escaparon hacia el Olimpo.

Un dato curioso

En camino hacia el jardín de las Hespérides, y antes de enfrentar a los hijos de Ares, Heracles fue apresado en Egipto por Busiris. El hijo de Poseidón y Lisianasa era un monarca cruel, que sistemáticamente detenía a los extranjeros para sacrificar sus vidas a Zeus. ¿Cuál había sido el origen de esa tradición?

La leyenda cuenta que un hambre sin precedentes había asolado el país cuando llegó allí un adivino griego llamado Frasio. Bien dispuesto para la consulta, el adivino declaró a Busiris que el hambre acabaría si el rey sacrificaba a Zeus un extranjero cada año. Busiris aceptó de inmediato la sentencia del agorero; tomó a éste por los brazos, lo hizo atar y colocar sobre la piedra de los sacrificios.

Así, el adivino Frasio fue a convertirse en la primera víctima de su propio augurio.

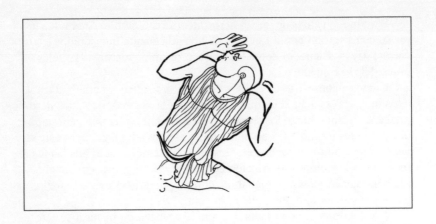

La estirpe belicosa

También las famosas aves del lago Estínfalo, que como las yeguas de Diomedes se alimentaban de carne humana, fueron insistentemente señaladas como hijas de Ares. Y Heracles sería quien acabase con ellas. Armado de los crótalos de bronce que le diera Atenea, el héroe espantó a las aves, que alzaron el vuelo y fueron cazadas a flechazos.

Se cuenta que Ares había tenido con Aglaura una hija a la que llamaron Alcipe, y que siendo ésta muy joven, fue sorprendida y abusada por Halirotio, hijo de Poseidón.

Herido en su orgullo de padre, Ares mató al seductor y se expuso a la venganza del dios del mar. Pero éste decidió acudir al tribunal del Olimpo a la búsqueda de justicia por la pérdida de su hijo. El tribunal se constituyó en una colina ateniense y aunque declaró absuelto a Ares, le impuso una pena de expiación como ya había ocurrido con Apolo, indicándole que durante un tiempo debería vivir en servidumbre. Se acordó que desde entonces, sobre la piedra que llevaba el nombre del dios de la guerra, Areios pogos, piedra de Ares, se sustanciarían las causas criminales.

Aparte de las aves mencionadas, entre otros hijos monstruosos de Ares se señala al dragón que habría tenido con la ninfa Telfusa. El dragón asolaba la comarca de Beocia y el fundador de Tebas, Cadmo, lo enfrentó y mató para defender a sus conciudadanos. Como había pasado antes, también en este caso el tribunal falló por la inocencia, aunque Cadmo fue conminado a servir a Ares durante un año para expiar su crimen.

Ares le encargó que sembrara los dientes del dragón en un campo labrado. Surgieron entonces de la tierra hombres armados de un aspecto terrible. Cuando Cadmo, que vigilaba estos movimientos, vio a estos seres parados sobre sus piernas comenzó a tirarles piedras. Confundidos, los hombres empezaron a enfrentarse ferozmente entre ellos. Sólo cinco permanecieron con vida, y a ellos Cadmo los llamó los Espartos y los hizo ciudadanos de Tebas.

Aunque evidentemente Ares podría sentirse contrariado por el modo en que terminó su experimento, lo cierto es que reaccionó bastante bien, incluso hasta de un modo generoso. Le dio a Cadmo la mano de su hija Harmonía. Hija de Afrodita, sus bodas fueron recibidas con gran alegría en el Olimpo y así colmaron a la muchacha con regalos, entre ellos un collar –obra de Hefesto– que sería funesto para los contrayentes.

Es que toda la estirpe signada por el odio sería perseguida por la desgracia, y ésta siempre le sería atribuida al ánimo belicoso de Ares. Cadmo y Harmonía, por ejemplo, serían padres de Sémele, la que amada por Zeus tendría un triste final cuando la celosa Hera decretara su perdición.

En cambio, los celos de Ares y sus consecuencias, como no podía ser de otra manera en alguien tan poco tolerante, no fueron tan legendarios como sus amores. Y parece que su instinto amoroso y hasta lúbrico fue bien heredado por sus hijos. Tal es el caso de Enomao, hijo de la relación de Ares con la ninfa Arpina.

Se cuenta que Enomao había tenido una hija hermosísima a la que llamó Hipodamia y a la que secretamente amó con un amor incestuoso y culpable. Encontró una curiosa forma de esconder este amor; fue retando a los sucesivos pretendientes de su hija a una carrera mortal, que acababa siempre con la vida del postulante.

Enomao había recibido de su padre Ares dos caballos más rápidos que el viento, y con esta ventaja desafiaba al pretendiente a llegar antes que él en una carrera de carros desde Pisa a Corinto. Para tranquilizar al contendiente le daba alguna ventaja, y para que acariciase alguna esperanza dejaba a su hija ir en el primer carro. Una vez que el carro con el pretendiente y su hija hubieran partido, Enomao uncía sus maravillosos caballos y salía en su persecución. Muy pronto se colocaba a la grupa del infortunado, y entonces echaba pie a tierra y lo lanceaba por la espalda.

Así pasaron doce pretendientes hasta que Pélope, el desdichado hijo de Tántalo salvado por Zeus, se presentó pidiendo la mano de la bella Hipodamia. Esta vez no fue tan fácil para Enomao deshacerse de su rival. Hipodamia lo conocía y lo amaba, y acordó con él huir de la condena paterna. Convenció para ello a Mírtilo, el auriga de su padre que también estaba enamorado de la muchacha, para que saboteara su carro. El cochero quitó los clavos a los cubos de las ruedas y en plena carrera el carro de Enomao se deshizo haciendo que éste rodara por tierra. Enredado su cuello en las riendas de los animales, Enomao pereció ahogado. Otro hijo de Ares moría de manera cruenta.

También el héroe de Calidonia, Meleagro, era hijo de Ares. Aunque su madre Altea estaba casada con Eneo, Ares se las arregló para unirse a ella. El hijo nació con una constitución débil y las Parcas, presentes en su alumbramiento, no le auguraron larga vida. Por el contrario, señalando un tizón en el fuego, dictaminaron que Meleagro moriría cuando éste fuera consumido. Su madre se lanzó entonces a las llamas y rescató de entre ellas el tizón que guardó bajo cuatro llaves en un armario.

Meleagro creció fuerte y sano, aunque sin saber que su vida pendía de un hilo, o mejor, de una llama. Cuando Artemisa se disgustó con la ciudad y envió aquel monstruoso jabalí a asolar los campos del país, Meleagro no pudo sustraerse a la cacería que los habitantes organizaron para terminar con el azote. En el grupo de los cazadores estaban los Dióscuros, Teseo, los hermanos de Altea y una bella e intrépida cazadora llamada Atalante.

Comenzada la cacería fue Atalante la que atravesó al animal con una flecha. Meleagro, que la deseaba, corrió cerca de ella, y lo remató con su lanza. Empapado de amor y admiración, el hijo de Ares ofreció en homenaje a la muchacha la piel y la cabeza del jabalí, pero su entusiasmo provocó la ira de los demás cazadores. Azuzada por la Discordia que había enviado Artemisa, una pelea se desató entre los participantes del grupo y Meleagro fue dejando fuera de combate a cada uno de sus tíos. Exasperada, su madre Altea, al ver que su hijo estaba matando a sus hermanos, corrió al armario, extrajo de allí el tizón y lo arrojó al fuego para que acabara de consumirse. Instantáneamente, Meleagro murió.

De Ixión, hijo de Ares con Perimela, se cuenta que una vez, habiendo pedido la mano de Día a su padre Deyoneo, prometió a éste una dote que jamás cumplió en la menor medida. Disgustado por el engaño, Deyoneo cortó toda relación con su yerno, pero pasado un tiempo éste pareció querer recuperar la amistad de su suegro y lo invitó a un banquete en su palacio.

Aprovechando una distracción de Deyoneo, el traidor Ixión lo arrojó a un foso en llamas, en el que Deyoneo pereció. Aunque la mayoría de los dioses deploró el crimen cometido por el hijo de Ares, Zeus le tomó cariño y hasta lo invitó a su mesa. Pero un traidor sería siempre un traidor, y a la primera distracción del señor del Olimpo, Ixión comenzó a acosar a Hera. Zeus puso a prueba al incauto fabricando una imagen de su esposa mediante una nube y de tan exótica unión nacería un Centauro.

Además de todos los hijos mencionados, a Ares también se lo vincula con Eris y las Queres. La primera es a veces señalada como la Discordia, que avanzaba con una antorcha en su mano. Era, según Homero, insaciable de furores: "Ella, corriendo entre la multitud, esparce a ambos lados una rabia igualmente funesta y acrece los gemidos de los guerreros".

Las Queres eran una suerte de demonios temidos y al acecho, de las que no podían escapar los simples mortales. Apolonio de Rodas las describe así: "Veloces perras del Hades, que de en medio de las nieblas en que se arremolinan, se lanzan sobre los vivientes".

Junto a los buitres y otras alimañas, las Queres recorrían los campos de batalla, terminando con los heridos, apurando de un golpe final sus agonías.

Ares y Afrodita

Los furtivos amores de Ares con Afrodita tienen todos los condimentos de una comedia de enredos.

Días y noches acechó Ares el lecho de la diosa, planeando a escondidas su hora de amor. Pero Afrodita, la bella, la codiciada, estaba casada con un hombre deforme y vengativo: Hefesto, el hijo de Hera.

Ares, pues, codiciaba el magnífico tesoro de Hefesto. Lo sostenía, además, la creencia de que no debía respetar un matrimonio que todos consideraban ilegítimo. Entonces colmó de regalos a Afrodita y le envió esquelas incitantes. No pasó mucho tiempo antes de que Afrodita sintiera nacer en su pecho la curiosidad y luego el deseo por ese atlético joven que paseaba por los jardines su armada figura. Empezaron, pues, a tener breves y secretos encuentros. Pero no contaron con que el Sol todo lo veía, y que éste no tardaría en contarle a Hefesto lo sucedido. Una vez al tanto del traidor asedio amoroso, el ofendido esposo comenzó a planificar su venganza.

Hefesto, recluido en su taller, construyó un complejo aparato repleto de lazos y ligaduras, flexibles e indestructibles. Una vez concluido el trabajo y satisfecho del resultado, trasladó su dispositivo al dormitorio de la diosa y, aprovechando su ausencia, lo colocó a varios metros por encima del lecho. Fue tal el empeño puesto en la obra que no había el menor detalle que pudiera descubrirla; la trampa había quedado invisible, pendiendo sobre el lecho. Sólo faltaba precipitar a ella a Ares y a Afrodita, y para ello Hefesto anunció a sus servidores que viajaría a Lemnos, la bella ciudad de sus amores.

Ares se enteró de inmediato de la nueva, y tras verlo partir se dirigió presuroso al palacio, donde encontró a la diosa descansando sola en su jardín. Ares le dijo: "Ven mi amada, vayamos a echarnos en el lecho. Hefesto no está entre nosotros e indudablemente se encuentra ya en Lemnos, en casa de esos individuos de lenguaje bárbaro".

Afrodita no dudó un instante y al cabo estuvieron juntos en el lecho conyugal, para gozar de los placeres que Eros también aseguraba a los inmortales. Pero en lo mejor de sus juegos y cuando más entregados se encontraban a ellos, cayó del techo la infernal maquinaria, atrapándolos sin permitirles el menor movimiento.

Hefesto, tal como lo había planeado, regresó de Lemnos en forma repentina. Y sin perder tiempo se dirigió a su hogar para comprobar el resultado de la trampa que había dispuesto. Al observar a la pareja atrapada, decidió convocar a los dioses para que juzgaran a los traidores. Hefesto les habló a las deidades con dolor y cólera:

—Porque soy deforme, la hija de Zeus, Afrodita, me desprecia siempre y ama al feroz Ares, que es bello y ágil, mientras que yo estoy enfermo; pero no es culpa mía sino de mis padres, que no hubieran debido engendrarme. Ved cómo se han dormido en mi lecho acariciándose. Espero que pronto no apetecerán más este reposo, ni aun por un momento, y estarán hastiados de mi lecho aunque bien se quieran.

Hefesto sólo consintió liberarlos una vez que el culpable fue condenado al exilio en el territorio salvaje de Tracia. La frustrada amante, por su parte, corrió a ocultar su vergüenza a la isla de Chipre. La leyenda no nos dice más del castigo, y aunque éste pareció contundente, Ares, sin embargo, parece no haber escarmentado lo suficiente, y volvería más tarde a sus amores clandestinos. Por lo pronto, de sus amores con Afrodita nacerían varios hijos: Harmonía, Deimos, Fobos, Eros y Anteros, aunque no todas las tradiciones coinciden con ello.

Una jaula para Ares y Afrodita

Ni bien había entrado Hefesto en la recámara de su esposa se encontró con un cuadro al que no pudo menos que reaccionar con una carcajada. Célebres también fueron las risotadas de los dioses convocados para el espectáculo. Las diosas –a las que el pudor les había impedido la concurrencia– urgieron a sus amigos y maridos para conocer detalles, y las burlas aumentaron la humillación. Especialmente irónicas con Afrodita fueron Hera y Atenea, las mismas que padecieron el desengaño durante aquel fraudulento concurso de belleza que tuvo a Paris de juez.

En la habitación poblada de voces y risas, Afrodita y su amante se debatieron días y días en una posición incómoda, tanto física como moralmente. Finalmente, harto ya del escarmiento, Hefesto los liberó. Apolo, que conocía los deseos ocultos de su hermanastro, le comentó risueño a Hermes:

–¡Oh! Hijo de Zeus, mensajero, dispensador de bienes ¿consentirías a este precio reposar al lado de la bella Afrodita?

Y recibió por respuesta:

–Fuere yo envuelto en lazos tres veces más fuertes, fueren los dioses y las diosas testigos de ellos y sin duda, yo querría compartir el lecho con la bella Afrodita.

Deimos y Fobos no fueron precisamente figuras queridas para los griegos, pero aun así ocuparon un importante lugar en sus vidas. De hecho, Fobos tuvo su propio santuario en el Peloponeso, aunque no por motivos de adoración sino de mutua conveniencia. Es conocida la inclinación de los espartanos por las organizaciones sociales rígidas y las instituciones marciales, por lo que no es sorprendente que éstos establecieran un templo de Fobos, porque el temor para ellos era una de las bases más sólidas del Estado.

Los generales pedían a Fobos antes de la batalla que sembrara el espanto entre las tropas enemigas y que preservara de todo temor a las suyas. El dato se menciona referido incluso a grandes jefes militares como Alejandro Magno, creador del vasto imperio helenístico a fines del siglo IV a. C., y Escipión el africano, general romano que se destacara en las batallas con los cartagineses.

Otros dos hijos de Ares fueron Príapo y Eros, ambos adjudicados también a Afrodita. Al primero se lo vinculó desde siempre con el poder generador de la naturaleza y por eso el falo fue su símbolo más característico.

Se dice que Hera posó su mano sobre el vientre de Afrodita cuando ésta estaba embarazada, y de este contacto nació un ser de aspecto repugnante con una lengua y un vientre descomunales. La criatura fue luego abandonada por la diosa y criada por pastores. Sin embargo, lejos de ser una amarga deidad, Príapo es un dios festivo al que se enlazó con Dioniso como compañero de juergas, y se lo asimiló con Hermes, a quien también se le rindió un culto fálico.

Aunque poco presente en la escala del Panteón helénico, su figura apareció asiduamente en las artes en general y en la estatuaria en particular. Ídolos con enormes falos descubiertos o apenas ocultos bajo cortas faldas proliferaron en los santuarios griegos y romanos, saludando al jaranero y bullicioso hijo de Ares.

Eros, en las antípodas de Príapo, era el más bello de los inmortales. De él dijo Hesíodo: "Invade con su dulce languidez a los dioses y a los hombres, es el que doma todos los corazones y triunfa de los más prudentes consejos".

Se lo tiene por dios del amor y por tanto se lo asoció con su madre Afrodita. Las fuentes suelen adjudicar a otros dioses la paternidad de Eros, como a Zeus, Urano y hasta Hermes, que pasó en este caso por un sutil amante de la diosa.

Aunque su lugar es del todo importante en el desarrollo de las artes y la literatura griega, no cuenta casi con lugares específicos de adoración. Sólo se menciona un santuario de Eros en Tespias. Allí se habrían colocado dos esculturas, una en bronce y la otra en mármol.

Cada cinco años se celebraban allí en el Helicón, recinto de las Musas, fiestas en honor de Eros, con concursos de poesía y música que denominaban Erotíadas. Aunque dios de actividades pacíficas, también fue invocado por los ciudadanos de Leuctra antes de entrar en combate. Y de este curioso modo era también adorado en Creta.

Ares celoso

Mirra, hija culpable de un amor incestuoso, había pedido a Afrodita que la hiciera desaparecer porque su padre había conocido la oscura verdad. Afrodita la convirtió entonces en un árbol que tomó de ella su nombre. Nueve meses más tarde, el follaje se abrió y de entre las hojas surgió un hermoso mancebo que cautivó enseguida a la diosa del amor. Niño aún, lo encerró en un cofre que le confió a Perséfone. Indiscreta, ésta abrió el cofre, y también ella se enamoró de Adonis.

Enemistadas pero sin poder resolver el conflicto, decidieron presentar el caso ante Zeus. Éste dividió el año en tres partes, le dio a cada una de las mujeres un tiempo para compartirlo y al mismo Adonis, una tercera parte del año para que hiciera con ella lo que quisiera.

Ares, aunque pasara tan mal rato cuando fuera sorprendido por Hefesto, no dejó de acechar a la diosa, y sufrió unos celos dolorosos viendo a su antigua enamorada perdida por el amor del mancebo. Concibió entonces una venganza digna de su linaje; sabedor de la reciente afición de Adonis por la caza, lo esperó escondido en el bosque. Cuando el joven apareció, Ares se transformó en jabalí, y lo atravesó con sus cuernos. Se dice que de las lágrimas que vertió Afrodita sobre el cuerpo de su amado brotó más tarde la anémona.

En cuanto a los animales simbólicos, sólo buitres y perros se asocian al dios de la guerra, e incluso estos últimos serían los únicos animales que se le sacrificaban.

Ares no contó con importantes santuarios en la Hélade. Pero parece que en el Peloponeso, tierra de formidables coaliciones militares, sí poseía tres santuarios cercanos, entre Argos y Matinea, en Trecena y cerca de Tegea. En este último lugar se encontraba una estatua del dios adorada sólo por mujeres. La leyenda cuenta que las tegeatas habían vencido solas a un ejército invasor laconio, tras encomendarse a esta estatua del dios.

AFRODITA, LA BELLA

e la cree homóloga o descendiente de la Astarté fenicia. Pero, en cualquier caso, muchas culturas orientales poseen su diosa del amor, de la voluptuosidad y de la fuerza que procrea. El nacimiento en Chipre le sumó a Afrodita (también llamada Citerea) un origen, si no exótico, al menos ciertamente alejado de la especificidad helena.

Pero si su origen fue oriental, la personalidad adjudicada por los griegos a esta diosa la convirtió en un producto típicamente occidental. Afrodita es la imagen del ensueño, a la que se unen todas las características de la mujer europea: la coquetería, las artes de la seducción y la pasión. La descripción que hace de su nacimiento el himno homérico olvida los avatares de su concepción, y se concentra en el ornamento con que la cubrieron las Horas.

Apenas arribada a la playa, las Horas la recibieron con cintas de oro y la envolvieron en vestiduras riquísimas:

"...Colocaron en su cabeza una corona de brillante oro, pasaron por sus horadadas orejas flores de oricalco y de oro precioso; adornaron su delicado cuello y su níveo seno con collares de oro... Pero muy pronto terminan su tocado: entonces la conducen entre los inmortales; a su aparición, todos la saludan y le tienden la mano; todos desean tomarla por esposa; todos están asombrados de la belleza de Citerea, coronada de violetas."

Si no supiéramos positivamente que este himno tiene más de dos mil quinientos años, nos veríamos tentados a imaginar que se trata de una obra actual; tal es su belleza y la vigencia de un modo de ver y adorar a la figura femenina. Aunque la leyenda más aceptada la hace hija de Cronos, Homero en sus cantos señala como sus padres a Zeus y a Dione, la hija de Urano y Gea.

La diosa tuvo desde el principio un espíritu juguetón y hasta si se quiere deportivo. Luego gestó e intervino en decenas de amoríos de dioses y diosas con mortales, y fomentó el desliz, incitando de diversas maneras a sus pares para hacerles caer en el lazo amoroso con humanos, lo que la divertía especialmente. Incluso Zeus fue una de sus víctimas predilectas, y cayó varias veces en las redes por ella tendidas. A veces –infiel como pocas a su propio deseo–, Afrodita advirtió a Hera de las faltas de su marido.

Parece que sólo tres inmortales lograron evadir las artes de Afrodita, tres vírgenes sin par: Atenea, Artemisa y Hestía. Pero la primera de ellas no pudo evitar la coquetería de participar en una competencia de belleza con Hera y la diosa del amor.

El nacimiento de la diosa

Cronos tiene en sus manos los genitales de su padre Urano, y ha regado de sangre la tierra. Los abre con su hoz de acero y los arroja al mar. Dice Hesíodo: "...largo tiempo flotaron en su superficie y de la espuma que a su alrededor se elevó nació una joven diosa". Arribada a las costas de Chipre, "...viose salir de las ondas a esta encantadora diosa, bajo cuyas pisadas nacía por doquier la florida hierba. Los dioses y los hombres la llaman Afrodita por haber nacido de la espuma, Cipria porque apareció por primera vez en las riveras de Chipre; amiga de la voluptuosidad en rememoración de su origen... Cupiéronle en suerte, por de pronto, entre todos los inmortales y todos los humanos, los coloquios seductores, las risas graciosas, las dulces mentiras, los encantos, las delicias del amor".

Afrodita personifica el amor, la seducción y el apasionamiento. Es la imagen del ensueño mismo.

Afrodita y Anquises

Pero si Zeus fue su víctima favorita, también es cierto que éste se vengó minuciosamente, haciendo entrar en su alma, como dice Homero, "el dulce deseo de unirse a un hombre mortal; no quiso excluirla del lecho de los humanos, ni que, jactándose, pudiese referir burlonamente en el Olimpo cómo unía a los dioses con mujeres mortales y con hombres mortales a las diosas".

Así las cosas, y subyugada por la imagen del mancebo Anquises, Afrodita acarició la idea de entregarse a él. Apeló a todos los recursos de una mortal. Se encerró en su templo perfumado de Delos, y se sumergió en el baño donde las Gracias la ungieron con olorosas fragancias. Luego ensortijaron su pelo con flores y adornos y la vistieron ricamente. Entonces se dirigió raudamente al encuentro del joven efebo.

Recorrió la pradera y a su paso saltaron moviendo la cola alegremente lobos, leones, panteras y osos. A su alrededor revolotearon pájaros y mariposas. Su aparición fue tal que hizo hervir de deseo los corazones de las bestias del bosque. Semejante influjo no pudo menos que atrapar a Anquises, que sólo al verla cayó rendido a sus pies.

–¿Eres tú una diosa del Olimpo? –le preguntó enamorado. Pero Afrodita prefirió negar su identidad. Completamente seducida por el muchacho, se resistió a confirmar la derrota de su corazón y mucho más a que sus camaradas del Olimpo supieran de su desliz.

Afrodita dijo entonces que era la hija de Otreo, princesa de Frigia, y que el propio Hermes le había ordenado acercársele para ofrecerse como su esposa legítima, pretensión que suponía demoras a la necesidad de Anquises de unirse sexualmente de inmediato a esa beldad. La tomó, pues, de la mano y, sonriente, la llevó al lecho cubierto de pieles de oso que el pastor poseía en una acondicionada cueva. En la caverna, la diosa tembló cuando Anquises le quitó su famoso cinturón y le arrancó los brazaletes y collares, para luego soltarle el cabello y despojarla de sus ropas.

A la mañana siguiente, Anquises supo que durmió con Afrodita, y temió por los castigos que esperaban a los mortales que se unían amorosamente con dioses. Pero Afrodita, agradecida por los goces recibidos, lo tranquilizó:

–No escaparás a la vejez, que es condición de los humanos, pero a cambio tendrás un hijo del que podrás sentirte muy orgulloso.

El niño sería un semidiós al que amamantarían las ninfas de las montañas, y algún día, prometió la diosa, todo el mundo conocería sus hazañas. Y en efecto, su hijo fue Eneas, el bravo defensor de Troya.

En cambio Afrodita sacó por conclusión que sería desdichada, y que sin cesar estaría expuesta a las bromas de otros dioses. Lejos de la imagen festiva e indolente que en igual situación mostraría Hermes, la diosa se sintió culpable de su extravío, y exclamó con pena:

–¡Llevo un infante en mi seno, después de haber compartido el lecho con un mortal!

Luego le pidió bajo juramento a Anquises que no revelara jamás el episodio, ni la identidad de la verdadera madre del hijo por nacer. Y aun lo amenazó:

–Si lo revelas, si con espíritu insensato te jactas de haberte unido amorosamente a la bella Citerea, Zeus, irritado, te aniquilará con el rayo.

Desventuras y caprichos de una diosa

Sus artes amorosas no siempre se ejercieron de buena manera, y a veces practicó una acción cruel, como en el caso de Esmirna o Mirra, hija del rey de Siria Teias. Molesta por su falta de atención al culto que se le debía, Afrodita infundió en ella un deseo carnal irresistible hacia su propio padre. Gracias a la complicidad de su nodriza, la joven satisfizo su pasión a lo largo de doce noches, en las que engañó a su amante penetrando a oscuras en su habitación.

Cuando el padre adquirió conciencia de que involuntariamente había cometido incesto, se lanzó con su espada sobre Mirra. La desventurada joven clamó entonces ayuda a los dioses, quienes la transformaron en un árbol que tomó su nombre. Tras el paso de diez meses, el árbol de mirra se abrió y de su corteza surgió un joven bellísimo, Adonis, que instantáneamente cautivó a Afrodita.

Celosa de su nueva adquisición, encerró a Adonis en un cofre y se lo confió a Perséfone. La esposa de Hades, que si por algo se caracteri-

zaba no era precisamente por su discreción, abrió el cofre y cayó en la misma pasión de Afrodita. Cuando ésta regresó por su tesoro, Perséfone no quiso separarse de él y la disputa creció hasta que decidieron someter el litigio a Zeus. Éste falló dividiendo el año en tres partes y asignando una a cada diosa y otra para la autonomía del pobre Adonis, que, en todo esto, no había tenido arte ni parte. Pero muy pronto el efebo renunció a su tiempo propio en beneficio de Afrodita, con lo que ésta terminó tiranizándolo las dos terceras partes del año, reclamándole su permanente atención.

La pasión de Afrodita se tornó en inquietud cuando Adonis se aficionó a la caza, y desde entonces vivió temerosa de que su enamorado se lastimase o le sucediera algo aún peor. Desgraciadamente, su preocupación tenía fundamentos. Ares, celoso del amor de Afrodita por el muchacho, se transformó en jabalí para atravesarlo en pleno bosque y dejarlo allí agonizando. Se cuenta que de las lágrimas que vertió la diosa sobre el cuerpo exánime de Adonis nació la anémona, y que de la sangre vertida por Adonis tomaron las rosas su color encarnado.

Una divinidad vengativa

Otro episodio que tuvo a Afrodita como principal protagonista ocurrió cuando ésta tomó desquite de Helios, quien había revelado a Hefesto sus relaciones secretas con Ares. Casado con Clicia, Helios vio de golpe nacer una pasión irresistible por Leucotoe, hija del rey Orcamo. Quien estaba detrás de estas pasiones era, por supuesto, Afrodita. Helios, abrasado por una pasión irrefrenable, se precipitó sobre Leucotoe cuando se encontraba acompañada por doce sirvientas. Tomó entonces la forma de su madre Eurínome y le ordenó a las acompañantes que se retirasen. Cuando quedaron finalmente solos, Helios tomó su forma original, declarando sus deseos.

Leucotoe se sintió por completo paralizada y cedió ante Helios, oportunidad que Afrodita aguardaba para llamar a la esposa del enamorado dios, quien presenció así el engaño de su marido. Clicia, ofendida, se dirigió entonces al padre de la joven reclamando justicia, y aquél tomó la decisión de castigar a su hija enterrándola viva.

De nada valió que la muchacha jurara su inocencia. Paulatinamente fue cubierta de arena hasta que su cuerpo se enfrió. La tragedia se cerró sobre todos los protagonistas: Clicia no recuperaría jamás el amor de Helios y sería transformada en una flor. Helios, por su parte, no pudo hacer nada para salvar a Leucotoe de su terrible muerte y terminó penando por el remordimiento que le produjo el fin de las dos mujeres.

Mientras tanto, Afrodita no se sintió del todo satisfecha, y decidió extender su venganza sobre la hija de Helios, Pasifae, esposa del rey Minos. Para ello inspiró en Pasifae un amor monstruoso por un toro. Satisfecha esta pasión, la mujer de Minos dio a luz un monstruo con cuerpo de hombre y cabeza de toro, el famoso Minotauro, que aquél encerró en un laberinto construido por Dédalo.

No concluye aquí la historia de la venganza de Afrodita. Empeñada también en desbaratar los planes imperiales de Minos, inspiró en su hija Ariadna un amor tan fuerte por Teseo, que éste terminó venciendo a Minos y al Minotauro, colmando de desgracias a la familia de Pasifae.

Otra clásica víctima de Afrodita fue la bella Helena, esposa de Menelao, cuyo secuestro se convirtió para la leyenda en el origen de la guerra de Troya. Planteada la estéril competencia de belleza con Hera y Atenea, Afrodita se preparó concienzudamente para el lance. La leyenda cuenta que durante las bodas de Thetis y Peleo, la Discordia, ofendida porque no había sido invitada, arrojó en medio de la fiesta una manzana de oro con la siguiente inscripción: "Para la más hermosa".

Inmediatamente, Hera, Atenea y Afrodita se consideraron con derecho al premio. Como ninguna cedió, Zeus decidió que el pleito debía resolverse por el juicio de un mortal, y encargó a Hermes buscarlo y comprometerlo. El comprometido fue Paris, un pastor hijo de Príamo, rey de Troya, que aunque no feliz con el encargo, no pudo eludirlo puesto que era el propio Zeus quien lo ordenaba.

Ya presta a ser conducida por Hermes en presencia del troyano Paris, Afrodita se esmeró en su atuendo personal, destacando su cabellera y sus muchos atractivos. Les pidió así a los Amores:

–Hijos míos, el momento decisivo se acerca; agolpaos en torno de vuestra madre. Hoy ha de decidirse si poseo alguna belleza. Dicen que Hera es madre de la Cárites: dispone a su gusto de los cetros y distribuye los imperios. Palas preside los combates. Yo sola entre las diosas no tengo poder alguno. Ni la autoridad real, ni la lanza. Mas, ¿por qué he de alarmarme inútilmente? En lugar de pica, ¿no tengo un arma más poderosa en este ceñidor que me sirve para encadenar los amores, encantados de los lazos que yo les pongo? ¿Cuántos mortales sufren los ardores que les inspira este cinturón fatal sin encontrar la muerte que ellos imploran?

Las otras diosas también intentaron seducir a Paris, pero los esfuerzos de Afrodita fueron mayores y, quitándose su ceñidor, comenzó a desnudarse frente al estupefacto Paris. Además, para fortalecer su victoria, le dijo al joven:

–Goza, goza de todos los encantos que ofrezco a tu vista. ¿No merecen por ventura la preferencia sobre los trabajos guerreros?... Yo no concedo el valor, pero puedo darte una compañera encantadora. No te haré subir a un trono, pero te haré subir al lecho de Helena. Tú no abandonarás Troya sino para ir a atar en Esparta los nudos más afortunados.

Convincente, Afrodita obtuvo finalmente la palma de la belleza que le otorgó Paris, provocando la ira de las otras dos diosas que de inmediato comenzaron a tramar su venganza. La guerra de Troya poco a poco se fue encadenando.

Las mujeres de Lemnos

Según la tradición, cuando los argonautas en busca del Vellocino de Oro llegaron a la isla de Lemnos, la encontraron habitada exclusivamente por mujeres. Afrodita, bien dispuesta con los viajeros y además solícita del deseo de Hefesto de ver otra vez poblada la isla, infundió el deseo entre las lemnias y los argonautas, lo cual tuvo como resultado la generación de numerosos grandes amores. Pero aun en la intimidad, no consiguieron saber los navegantes a qué se debía la soledad de estas mujeres.

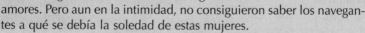

Sucedió que Afrodita les tenía rencor puesto que las mujeres de la isla no le hacían sacrificios ni cuidaban de su culto. En venganza dio a todas ellas un olor tan espantoso que sus maridos debieron huir de la cercanía de sus damas. Para compensar la soledad robaron a unas jóvenes de la vecina Tracia y compartieron con ellas el lecho. Por esto, sus esposas humilladas los mataron.

Fue una suerte –después de todo– que la diosa se compadeciera de ellas trayendo a la isla los gallardos argonautas, que alegraron un poco los días y las noches de aquellas mujeres.

Más tarde Afrodita auxilió a Paris para cortejar a Helena, y ya durante la guerra lo protegería de las amenazas aqueas, que Paris, bastante cobarde, no podía soportar. Pero Helena no era feliz y le recriminó a la diosa todo lo que había provocado. Mas no había piedad en Afrodita, y los reproches de Helena sólo la enojaban:

–Teme irritarme, desgraciada –le dijo Afrodita a Helena–. Procura que no te abandone, que no te odie tanto como te he amado. Yo sabré avivar la discordia entre los griegos y los troyanos, y tú perecerás víctima de terrible destino.

Algunos autores atribuyen a Afrodita la locura que atacó a las hijas de Petro. Se dice que éstas se volvieron impúdicas, y que esa impudicia les hizo perder la hermosura de sus rostros. La leyenda añadió también que Afrodita esparció por sobre las cabezas de las jóvenes una "...lepra horrorosa; su piel se cubrió de erupciones y sus cabellos, desprendiéndose, dejaron sus bellas cabezas al descubierto".

Una diosa al rescate

Pero esta imagen cruel de Afrodita es ciertamente extraña, ya que comúnmente se preocupó más en ayudar que en tomar venganza. Así, fue fundamental su accionar para que Jasón y sus compañeros concluyeran su aventura. Bajo el influjo de la diosa, Medea, hija del rey Eetes –que quería la muerte de Jasón–, ayudó a éste a obtener el Vellocino de Oro, y más tarde, cuando huyó con el héroe, obtuvo auxilio de Afrodita para evitar que su padre les diera alcance.

Una receta con casi tres mil años de antigüedad

En las "Argonáuticas", Apolodoro de Rodas enumera los ingredientes del famoso ungüento con el que Medea hizo a Jasón insensible al dolor. Dice este escritor:

"La planta de que se extrae brotó por vez primera en los valles del monte Cáucaso, de la sangre que destilaba de su pico el águila cruel que devoraba el hígado de Prometeo. Corona el doble tallo una ancha flor de color parecido al del azafrán de Cilicia. Su raíz tiene el aspecto de un trozo de carne recién cortado y encierra un licor negro semejante al que destilan en los montes las encinas".

Medea dejó caer el jugo en una concha del mar Caspio, vestida de negro, le invocó siete veces el horror de las tinieblas. Cuando cortó la raíz, la tierra tembló y el mismo Prometeo sintió un vivo dolor en su costado.

Cuando los argonautas pasaron por la isla de las sirenas, Afrodita intervino una vez más, rescatando a Buto del canto de aquéllas. Luego lo condujo a la isla de Lilibea, donde se unió con él; fruto de ese amor furtivo fue su hijo Erix.

También Faetonte fue rescatado por la diosa y trasladado para su propio placer a su templo en Delos. Hijo de Helios y de la oceánida Climene, Faetonte era aún muy joven cuando Afrodita lo tomó como su amante. El mito de este semidiós es, por supuesto, bastante más complejo.

Algunas de las fuentes consultadas relatan que estando Faetonte discutiendo con Epafo, hijo de Inaco, sobre las virtudes de un buen nacimiento, se vanaglorió frente a éste de ser hijo de Helios, historia que provocó burlas de su amigo. Herido en su amor propio, Faetonte se dirigió a su madre Climene, rogándole que hiciera aparecer a su padre, y que éste convenciera al incrédulo de su ilustre nacimiento. Así lo hizo su madre, que rogó a Helios una señal para su hijo.

El sol envió entonces un potente rayo de luz por el que su hijo ascendió al carro de caballos alados del dios. Faetonte rogó a su padre que lo dejara conducir el vehículo. Aun cuando Helios temió lo peor, tras mil recomendaciones le entregó las riendas.

Pero apenas subió Faetonte al lugar del auriga, los alados caballos emprendieron una veloz carrera que comenzó a sembrar el espacio de fuego, produciendo enormes incendios. Advertido de semejante problema, Zeus intervino drásticamente, y fulminó al muchacho con un rayo.

Más intervenciones divinas

Afrodita colaboró con Melanio para que éste obtuviera los favores amorosos de la experta cazadora Atalanta, quien no era muy dada a las relaciones amorosas. Se cuenta que Atlanta retaba a sus pretendientes a

una carrera mortal. Si le ganaban, obtenían su mano, mas si era ella la triunfadora, el atrevido pagaba con la vida la osadía de su pretensión.

Las víctimas se acumularon en cantidades, hasta que Afrodita decidió poner manos en el asunto. La diosa le proveyó al muchacho algunas de las maravillosas manzanas del jardín de las Hespérides, para que las utilizara en la peligrosa competición. Atalanta tenía por costumbre dar alguna ventaja a sus desafiantes, pero enseguida se ponía en su persecución y los alcanzaba y sobrepasaba. Mas cuando esto quiso hacer con Melanio, éste arrojó a su paso una de las manzanas que le había dado la diosa. Inmediatamente Atalanta se detuvo a recogerla y reemprendió enseguida la carrera, pero cuando una vez más lo alcanzaba, Melanio volvió a arrojar otra manzana. Así, con continuas interrupciones en su carrera, Atalanta fue derrotada y no pudo entonces rehusar el matrimonio.

Se dice que la propia diosa estuvo en la boda y les hizo presentes a ambos contrayentes. La leyenda, sin embargo, no da un final feliz a esta historia. Añade que ambos esposos, yendo un día de caza, penetraron en el coto de Zeus y allí mismo se entregaron a su pasión. El dios, enojado por la intromisión, los convirtió en leones.

En otras ocasiones, la piedad de Afrodita alcanzó otros amores infelices. Es el caso de Selemno, pastor que había sido amado por la ninfa Argira, mas ésta, cuando vio que el pastor envejecía, lo abandonó horrorizada. Selemno murió de tristeza y tanto conmovió su historia a la diosa, que lo convirtió en río. Pero Selemno no dejó de estar triste y otra vez Afrodita fue en su auxilio, concediéndole el don de olvidar todos los tormentos causados por el amor. Desde entonces, los despechados, desgraciados y apesadumbrados por el mal de amores, se bañaron en ese río para curar sus pesares.

La leyenda de Pigmalión

Esta leyenda es también un ejemplo de la curiosa piedad de Afrodita.

Pigmalión era un rey legendario de Chipre y escultor maravilloso que había modelado la estatua de una hermosa mujer, tan hermosa que el propio escultor se rindió enamorado de su obra. Desesperado por la frialdad del objeto de su amor, invocó la ayuda de los dioses. Afrodita, compadecida de este hombre, dio vida al marfil de la escultura y así Pigmalión pudo casarse con su propia creación.

Otra de estas antiguas tradiciones relata que en la isla de Lesbos vivía un barquero que trasladaba pasajeros de la isla al continente. Faón vio un día llegar junto a su barca a una viejecita que le pidió transporte.

Por supuesto el viejo aceptó trasladar a la anciana hasta el continente. Pero el barquero no sabía que aquella viejita era Afrodita misma, deseosa de probar la bondad de Faón.

Una vez trasladada, la diosa premió su generosidad con un ungüento maravilloso contenido en un pequeño frasco. Cuando el viejo se frotó este ungüento, no sólo rejuveneció en forma instantánea, sino que incluso se convirtió en uno de los hombres más hermosos de Mitilene. Desde entonces, las mujeres se lo disputaron y hasta tuvo de amante a la propia Safo, la célebre poetisa.

Otra versión añade que Afrodita se enamoró de su protegido y que, para excluirlo de los deseos de sus rivales, lo ocultó en un campo sembrado de centeno. En cualquier caso, lo destacable es el amparo a los navegantes que la elaboración de este mito refleja. Es la misma protección que aparece en el relato de Dexicreón, un comerciante de Samos a quien la diosa aconsejó que cargara su barco exclusivamente con agua y que se hiciera a la vela lo antes posible.

Ya en medio del mar, el viento mermó de pronto hasta desaparecer y todas las naves cesaron su movimiento. Los días pasaron y en las naves inmovilizadas la desesperación creció. Pronto comenzó a escasear el agua potable. El previsor Dexicreón realizó un estupendo negocio vendiendo a las naves cercanas el agua que llevaba. Agradecido, erigió en Samos una estatua de la diosa y así renovó un culto que había sido abandonado por sus habitantes, consagrados casi exclusivamente a Hera.

Una original forma de financiación

En la ciudad de Páfos, al sudoeste de la isla de Chipre, se encontraba uno de los más antiguos santuarios de Afrodita. Se cree que lo fundó un tal Ciniras, primer rey de Chipre y eximio flautista, que fuera retado a un duelo de instrumentos por Apolo. Uno tocaba la lira, el otro la flauta. Finalmente, el lirista mató a su oponente.

El templo tenía en la Antigüedad un renombre extraordinario, y de todo el Mediterráneo acudían peregrinos en procesión. Era toda una institución de la que vivía un importante grupo de sacerdotes e iniciadas.

Para solventar los gastos, habían ideado una productiva fuente de financiamiento. Las sacerdotisas del templo eran prostitutas sagradas, que contribuían con su servicio sexual al sostenimiento de su instituto. Pero además las doncellas de la ciudad debían ofrendar al templo su virginidad antes del matrimonio, circunstancia que era aprovechada por los ocasionales visitantes oblando una pequeña suma. No sólo eso: todas las mujeres de Páfos estaban obligadas una vez en la vida a entregarse en beneficio del santuario al primer llegado que pagara el precio establecido por Afrodita.

Siempre el amor

Si los rasgos de diosa de la generación y la fecundidad asimilan a Afrodita con la Astarté fenicia, su condición de divinidad de la belleza y el amor afirman su carácter griego. Sus atribuciones están claramente contenidas en este pasaje de la *Ilíada* donde Zeus le dice a la diosa:

—Querida hija, los trabajos de la guerra no te han sido confiados; déjalos al fogoso Ares, a Atenea. Tú ocúpate únicamente de los deseos y de las obras del himeneo.

La diosa se presentaba acompañada siempre de Eros, que algunas leyendas señalaron como su hijo. Casi un niño, alado y con los atributos del arco y las flechas, Eros era la divinidad pícara de todas las comedias antiguas. Estas picardías no respetaban siquiera a su propia madre, por lo que Afrodita, en más de una ocasión, le incautó arco y flechas, cuando no las propias alas.

Otras clásicas acompañantes de la diosa fueron las Gracias. Hijas de Zeus y Eurinome, estas bellas ninfas tenían por misión expandir la alegría en la naturaleza y en los corazones de mortales e inmortales.

Eran tres: Aglae, Eufrosina y Talía. "Con vosotras todo se hace encantador y dulce", dice de ellas Píndaro; y ciertamente acompañaron las apariciones más jubilosas de Afrodita, a la que acicalaban y preparaban para sus lances amorosos.

Afrodita es también la protectora del matrimonio y de las legítimas promesas matrimoniales, condición expresada en la leyenda de Hermócares y Ctesila. Se cuenta que, estando la joven ateniense Ctesila participando de una fiesta religiosa, la vio Hermócares y se enamoró de su figura y de la gracia de sus danzas. Tomó entonces una manzana y grabó en ella unas palabras, para luego arrojarla al centro del círculo de danzarinas. Ctesira, a quien fue dirigida la manzana, la tomó del suelo y leyó en voz alta su inscripción, en la que el enamorado juraba por Artemisa su amor y prometía casamiento.

La doncella creyó exagerada la demostración y arrojó lejos de sí la manzana. Pero el joven, para probar que hablaba en serio, se entrevistó esa misma tarde con el padre de Ctesila, Alquidamo, y le reiteró su promesa. El padre aceptó el pedido y Hermócares se dispuso a cumplir con los deberes de la dote y los preparativos de la boda.

Pero sucedió que, apenas unos días después, Alquidamo, ya olvidado de su promesa, concedió la mano de su hija a otro pretendiente. Francamente irritado, Hermócares irrumpió en el templo donde se realizaba la nueva boda y, en ese instante, intervino Afrodita produciendo en Ctesila un repentino e irresistible amor por el muchacho. Al cabo, Afrodita produjo una gran nube que permitió a la pareja huir del lugar, para inmediatamente celebrar la unión que Alquidamo no hubiera permitido.

Nueve meses después, Ctesila dio a luz a un niño, aunque la muchacha murió en el parto. El relato añade que, cuando se desarrollaba la ceremonia del entierro de la desdichada Ctesira, se vio salir del ataúd un pajarillo que voló hacia el cielo. Curiosos, los participantes abrieron el féretro y lo encontraron vacío.

El culto a Afrodita

Chipre es el lugar de su origen, y el de mayor proliferación de templos, estatuas y homenajes. Allí se refugió la diosa cuando, tras el bochorno de ser sorprendida por su esposo Hefesto, debió exiliarse del Olimpo. Se cuenta que una anciana la descubrió y, furiosa, Afrodita la convirtió en piedra. En ese lugar se alzó otro santuario, en el que un oráculo respondía las preguntas de los peregrinos.

El método que estos sacerdotes utilizaban era el tradicional en la Roma imperial: el examen de las vísceras de animales sacrificados.

Y dado que una antigua reglamentación de este tabernáculo prescribía que no debía correr sangre en el altar de la diosa, imaginamos que estas actividades se realizaban en algún lugar cercano.

Existían santuarios de Afrodita también en las principales islas del Egeo, así como en Creta y en toda la Hélade continental. En la ciudad de Tebas se celebraban unas fiestas en las que las mujeres nobles se disfrazaban de hombres. Esta costumbre estaba muy extendida, y sugería la relación de Afrodita con Hermes y con el hijo de ambos, Hermafrodito.

También en Mégara, durante las fiestas de la Hibritisca, las mujeres solían disfrazarse de hombres. En este caso el origen se atribuía a una tradición que contaba que, una vez, durante una invasión, los hombres habían sido puestos fuera de combate, por lo que las mujeres tomaron las armas para defender la ciudad y con Telésila a la cabeza rechazaron a los enemigos.

En Corinto, donde el culto fue aun más floreciente, se desarrollaron actividades singulares. Allí las sacerdotisas hacían comercio de sus encantos con los extranjeros y el dinero resultante era destinado al templo. Se cuenta que estas mujeres eran entrenadas y se las dotaba de una sofisticada cultura que exhibían frente a sus ocasionales admiradores, y que este sacerdocio se convirtió en una profesión muy similar a la ejercida por las famosas "geishas" en el Japón.

POSEIDÓN, DIOS DEL MAR Y DE LOS NAVEGANTES

n pueblo de marinos como el griego debía tener, necesariamente, una divinidad de los océanos tan poderosa como significativa.

Hijo de Rea y Cronos, como Zeus y Hades, recibió, como ellos, una de las tres partes en que se dividió la herencia paterna. Así, Poseidón fue amo de los mares, como lo fue Zeus del Olimpo, y Hades de los abismos y tinieblas donde habitan los muertos.

Poseidón fue de los primeros en plegarse a Zeus en la batalla contra los Gigantes, y fue él quien venció a Polibotes al lanzarle sobre la cabeza la isla de Cos. También fue de los primeros en disentir con la pesada hegemonía que su hermano impuso, y conspiró contra él junto a Hera y Apolo. Castigado por Zeus, fue obligado a trabajar junto a Apolo en la construcción de las murallas de Troya para el rey Laomedonte, un antepasado de Príamo. Imágenes de este enfrentamiento aparecen en *La Ilíada*.

En una oportunidad Zeus le ordenó a Iris, correo de los dioses, que volara a ver a Poseidón con un mensaje, pero la previno de la actitud de su hermano:

–Si él no obedece mis palabras, si las desprecia, que considere, en su espíritu y en su corazón, que, a pesar de su fuerza, es incapaz de hacerme frente. Porque yo me glorio de ser el más poderoso...

Y así contestó el aludido por la pluma de Homero:

–¡Ay de mí, si Zeus es todopoderoso y su lenguaje sólo respira orgullo! ¡Qué! ¡Obligarme por la fuerza a mí, su igual en honores! Cronos dio el ser a tres hermanos que Rea llevó en su seno. La herencia paterna fue dividida en tres lotes y a cada uno correspondió su parte de honor.

Las concesiones del dios

En sus dominios, el poder de Poseidón era indiscutido, y cuando salía de las profundidades en su carro tirado por una pareja de briosos corceles, todas las criaturas del océano saltaban de alegría por sobre las aguas celebrando a su señor. Sólo a él atribuyeron los griegos el azar de los vientos y la penuria de las tempestades. Por ello pudo decirle a Zeus que no intentara atemorizarlo con su fuerza, "como si yo fuese un cobarde; más le valdría hacerlo con sus hijos e hijas y guardar para ellos sus amenazadoras palabras".

Pero la tensión que se estableció entre ellos no impidió que el dios del mar ayudara repetidas veces al señor del Olimpo. Lo que sí marcó fue su autonomía, la misma que le permitió disputar con su hermano el favor de Tetis, a la que ambos cortejaban.

Por lo demás, Poseidón se vio obligado a luchar por cada espacio de terreno sólido sobre el que holló su planta. Así lidió con Hera por la

"Sólo a él atribuyeron los griegos el azar de los vientos y la penuria de las tempestades..."

posesión de la Argólida y de la propia ciudad de Argos, y con Atenea por el Ática y su ciudad central, la grandiosa Atenas. En ambos casos el resultado le fue desfavorable.

Su querella con Hera fue resuelta por un tribunal de dioses, integrado por Inaco y los ríos Cefiso y Ásteris, que fallaron a favor de la diosa. Poseidón no aceptó buenamente su derrota y, encolerizado, secó los ríos y manantiales de la región. Fue Hermes, siempre componedor, quien persuadió a Poseidón de persistir en su castigo.

La disputa con Atenea se resolvió de modo similar. Ambos declararon su primacía. Poseidón se preció de haber hundido primero su tridente en esa tierra del Ática, y Atenea, de haber plantado allí el primer olivo. Zeus designó un tribunal de doce dioses para juzgar la pertenencia de una región tan importante, y éstos finalmente dieron crédito a Cécrope, quien testificó en favor de la diosa. Otra vez irritado, Poseidón inundó los campos Tiasianos y sumergió el Ática bajo el mar.

No sólo en estos ejemplos debió resignar Poseidón su señorío terrestre. También cedió la isla de Egina a Zeus, Delfos a Apolo y Naxos a Dioniso. Sólo una de estas disputas al menos la sacó empatada. Fue cuando litigó con Helios por la región de Corinto. Finalmente, fue para Helios la ciudad fortificada y quedó para Poseidón el resto del istmo.

El reino del mar

Si Zeus reinó en el Olimpo sobre dioses que lo habían precedido, como Afrodita –que resultó hija de Urano– y sus cinco hermanos –que fueron engendrados antes que él–, algo similar ocurrrió con Poseidón. Subordinado a él se hallaba Nereo, hijo de Ponto y Gea. De su matrimonio con la Océanida Doris nacieron las Nereidas, una de las cuales era su esposa Anfitrite. De alguna manera, podría pensarse que este Nereo fue el verdadero padre de todo lo que existía en el océano, y de todos aquellos seres que constituyeron la corte de Poseidón.

Nereo era una deidad benéfica adorada por los navegantes, y fue asidua su intervención en las cuestiones de los dioses; así predijo a Paris la caída de Troya, y entregó a Heracles la copa del Sol con la que éste atravesó el Océano buscando el jardín de las Hespérides. La misma Afrodita había sido criada por Nereo. Pero su fama creció como padre de las Nereidas, ninfas del mar, de las que distintas tradiciones enumeran hasta cincuenta. Tetis y Galatea son de las más conocidas, esta última por el mito que la hace esposa del gigante Polifemo.

Otro personaje inefable de las leyendas marinas del Mediterráneo fue Proteo, otro "viejo marino" que, como Nereo, tenía el don de profetizar. Disgustado por los continuos asedios de los preguntones, había pedido a Poseidón el poder de cambiar de forma a voluntad. Se cuenta que había llegado de Egipto y que en Tracia se casó con la ninfa Corónide, con la que tuvo dos hijos. Pero, avergonzado porque éstos abusaban de su fuerza para atacar y matar a los viajeros, Proteo decidió volver a su tierra, en la isla de Faro, donde vivió desde entonces.

Arión, hijo de Poseidón

Cuando Deméter, quebrada de dolor, deambulaba buscando a su hija Perséfone, que había sido secuestrada por Hades, Poseidón la siguió en silencio y recatadamente durante varios días. Esperaba la oportunidad de declararle su amor. Ciertamente la ocasión no parecía propicia, pero harto ya de aguardar, Poseidón comenzó a acosarla. Entonces Deméter –que es su hermana–, en un rapto de lucidez, se transformó en yegua y huyó a la pradera. Con ello creyó haber eludido a Poseidón, pero pronto se dio cuenta de su error.

Poseidón dejó pasar algunas noches, y luego se convirtió en caballo y la siguió, hasta que en un claro del bosque le dio alcance y la violó. Aunque furiosa, Deméter tuvo de él dos criaturas. Una hija que –según Pausanias– "no puede ser nombrada", y el magnífico Arión, un caballo maravilloso, muy veloz y fuerte, dotado de una inteligencia sin igual y de la palabra, que persuadía a los hombres.

Otros personajes de las profundidades

Una popular divinidad marina, quizá tan antigua como Poseidón y Nereo, era Glauco, hijo de Polibo y Eubea. No se trataba de un monstruo marino ni de un dios todopoderoso, sino de un humilde pescador a quien le había ocurrido algo maravilloso.

Descansaba de sus labores una tarde en un prado, junto a un precipicio rocoso que vigilaba el mar desde la altura, cuando observó que los pescados que se encontraban aún atrapados en su red sobre la hierba comían ésta y recuperaban el ánimo para arrojarse de nuevo a las profundidades. Intrigado por lo que vio, probó unas hojas de la hierba de la que se habían alimentado sus frustradas presas y, de inmediato, también él se arrojó al mar. Allí fue recibido con una magnífica bienvenida, dispuesta para él por Océano y Tetis, quienes lo despojaron de su mortalidad y lo acogieron entre los dioses marinos.

Como sus pares, también Glauco estaba dotado de virtudes proféticas, y hasta se dice que instruyó en éstas a la Sibila de Cumas y a Apolo. Los pescadores creían ciegamente que Glauco auguraba, de pie sobre una roca, los males que los amenazaban, y les transmitía, por vía de revelación, la forma de enfrentarlos. Pronto se convirtió en una deidad muy popular, y le erigieron santuarios en todos los pueblos de pescadores del Egeo, en Delos, en Naxos y en Corinto.

Hechiceras con colas de pez

Hermano de Nereo, Forcis fue otro ilustre personaje de las profundidades. Su esposa Ceto, hermana de ambos, le dio una numerosa progenie encabezada por las Greas, las Gorgonas y el dragón que cuidaba las áureas manzanas del jardín de las Hespérides; Equidna, el aterrador monstruo mitad mujer y mitad serpiente; Toosa, personificación del mar enfurecido; las sirenas y Escila, un perro monstruoso de seis cabezas que cuidaba la entrada del estrecho de Messina.

Otras leyendas pretenden que las sirenas provienen de las gotas de sangre caídas del río Aqueloo, que habrían gestado estos monstruos en el vientre de Gea y de las musas Terpsícore, Melpómene y Calíope. A esta estirpe debían las sirenas su canto armonioso y encantador, aunque su aspecto no lo era en lo absoluto: un alado cuerpo de ave, con fuertes y filosas zarpas y cabeza de mujer. Muy lejos de la imagen vulgar contemporánea de un ser con un bello torso y una bella cabeza femenina, y caderas y piernas convertidas en una cola de pez.

Las sirenas parecen haber competido en canto con las Musas, pero fueron derrotadas y, desde entonces, se refugiaron en las rocas de las costas, desde donde atraían con su canto a los marinos al naufragio. Tres hijas tenía Terpsícore: Parténope, Leucosia y Ligea; y otras tres sirenas había dado a luz Melpómene: Telxipea, Aglaope y Pesinoe. La primera de ellas era quizá la más famosa, puesto que un santuario de Parténope, en Italia, dio nombre a la ciudad de Nápoles.

Homero pone estas palabras en boca de la hechicera Circe para advertir a Odiseo de la peligrosidad de estos seres fabulosos:

−¡Desgraciado de aquel que, por ignorancia, va a su encuentro y las escucha... Las sirenas lo hechizarán con su armonioso canto, sentadas en una pradera, rodeadas de un montón de huesos humanos y de carne, que la corrupción consume.

Aunque las sirenas son monstruos peligrosos que buscan la perdición de los marinos, son sin embargo apreciadas como protectoras de tumbas, y por ello suelen aparecer grabadas en las tapas de los féretros "contra los embates de los malos espíritus".

Los amores de Poseidón

Aunque muchos otros seres extraños y divinos habitaban los mares egeos y jónicos, una buena parte de éstos estaba constituida por la descendencia de Poseidón, que, como Zeus con los cielos y praderas, pobló ríos y mares. Sus aventuras amorosas fueron muchas, pero todas las tradiciones coinciden en adjudicarle una sola esposa: la bella Nereida Anfitrite, hija de Nereo y Doris.

Poseidón descubrió a la hermana de Tetis un día en que Anfitrite danzaba con otras nereidas en una playa de la isla de Naxos. Impulsivo como pocos, no demoró en interrumpir los balanceos de las danzarinas para proponer atropelladamente su amor a la nereida. Anfitrite huyó del importuno y se escondió en las profundidades del océano.

Aunque en un primer momento Poseidón perdió el rastro, un delfín delató a la fugitiva y condujo a Poseidón hasta el refugio. Allí, en la profunda oscuridad del abismo marino, tuvieron los futuros esposos su primera noche de amor. El delfín, como correspondía, fue premiado con un lugar estelar entre las constelaciones.

Si bien Anfitrite no tuvo la trascendencia de Hera en el panteón griego, su aparición es significativa en la mayoría de las imágenes donde se halla Poseidón, tanto en esculturas como en relieves, pinturas y dibujos en vasos y platos. En el santuario del dios en Corinto se la ve de pie junto a su esposo sobre la cuadriga que éste conducía firmemente y rodeados ambos de tritones y otras bestias de las profundidades. De la unión con la nereida tuvo Poseidón tres hijos: un varón, a quien llamó Tritón, y dos damas: Rodos y Bentesicima.

Las leyendas sobre Tritón son numerosas y daremos cuenta enseguida de algunas de ellas, pero sobre las distinguidas hijas de Poseidón y Anfitrite hay bastante menos información. De la segunda no se sabe nada, y a Rodos se la hizo también aparecer como hija de Poseidón y Afrodita. Se cuenta que, casada con el Sol, le dio a éste siete hijos, los helíadas: Triopes, Cándalo, Cercafo, Tenagescafo, Macareo, Oquimos y Actis.

Un heraldo del dios del mar

Tritón es un ser de prodigiosa fuerza, rostro joven y decidido, enmarcado en una ensortijada cabellera; tiene además un amplio pecho. Sin embargo, su cuerpo sufre una violenta transformación bajo las caderas, de las que surge una gigantesca cola de pez. Lo cierto es que este varón, verdadero campeón, participó junto a su padre en la lucha contra los Gigantes. Su emblema era una caracola en la que soplaba, provocando el espanto de sus enemigos. Al ser ésta también un medio de comunicación, no es extraño que se asociara a Tritón con Poseidón, como se hace con Hermes y Zeus, puesto que, sin duda, Tritón era el heraldo del dios del mar, que llevaba a todos los rincones la voluntad de su padre.

Tritón dejó una numerosa descendencia, que pobló el fondo del mar de seres cornudos y lascivos, semejantes a sátiros, a los que la tradición denominó "tritones", y que también formaron parte del cortejo del rey del mar paseando sus orejas puntiagudas entre las filas de bellas y virginales ninfas.

Los desventurados amores de Poseidón y Escila

Poseidón fue quizá tan veleidoso como Zeus y, como a él, se le atribuyeron decenas de amoríos. Aunque menos celosa que Hera, también Afitrite se vio obligada a pelear con rivales que el dios del mar le presentó. Así ocurrió con Escila, una hermosa ninfa hija de Forcis y Hécate.

Despechada por el amor que Poseidón manifestó a la joven, Anfitrite aprovechó una distracción de la ninfa, que se bañaba en un manantial, para contaminarlo con unas hierbas que la transformaron en un monstruo repugnante. Su voz sonó entonces como los vagidos de un león pequeño, mientras doce pies deformes sostuvieron un cuerpo del que salieron seis cuellos larguísimos con horribles cabezas en sus extremos. Buscando alrededor del escollo donde había quedado prisionera, la infeliz pescaba para comer algún delfín o un tiburón, aunque fueron los incautos marinos los que compusieron su menú preferencial.

Una divinidad "donjuanesca"

La mayoría de los hijos de Poseidón fueron extramatrimoniales, y entre todos ellos, los que tuvo con Gea –si no es esto una indiscreción–, su abuela paterna.

Fruto de estos amores fue Anteo, gigante que se decía reinaba en Libia, y que gustaba construir un santuario para su padre con los cráneos

de los extranjeros que pasaran por sus costas. La leyenda agrega que este gigante obtenía su fuerza del contacto con la tierra, y que Heracles acabó con él alzándolo del suelo y ahogándolo entre sus poderosos brazos.

Si sus historias extramaritales son copiosas, lo curioso del tema es que muy frecuentemente Poseidón se unió a mujeres casadas, asumiendo, en el imaginario heleno, el rol que jugó don Juan Tenorio en la cultura hispánica. Un caso que puede ser ejemplo de esta situación son sus amores con Menalipe, la esposa de Eolo, el dios de los vientos y las tempestades. Seducida por el dios del mar, Menalipe le dio a éste dos gemelos, Bootes y Eolo. Aunque ella intentó hacerlos pasar por hijos de su legítimo marido, éste no se dejó engañar y en un ataque de ira arrancó a su mujer los ojos, y abandonó a los mellizos en el campo. Criados por una vaca y luego por unos pastores, los niños crecieron fuertes y sanos y muy pronto se enfrentaron a su padrastro, al que asesinaron para vengar a su madre. Poseidón no los olvidó, y tampoco a Menalipe, a quien devolvió la vista. Libre ya del destino aciago que le había dado su marido, sus hijos la casaron con el rey de Icaria, Metaponto.

Pero si el de "Don Juan" es un personaje que le cabe, también lo es el del héroe que salva a la doncella en peligro. En una oportunidad, la ninfa Amimone andaba buscando una fuente que sólo ella conocía, y salió de entre los arbustos al claro con la sorpresa de encontrar el manantial completamente seco. Como algo se movió a un lado, ella disparó uno de sus dardos pensando en un ciervo o en algún otro animal, pero sólo hirió a un sátiro que dormía su siesta. Primero fue una justa protesta, pero enseguida se despertó la inclinación que hizo famosos a los sátiros y el atrevido quiso forzar a la muchacha.

En ese instante apareció Poseidón, quien lanzó su tridente y puso en fuga al aprovechador. La dama, conmovida por la actuación de nuestro héroe, se brindó a una noche de amor, que Poseidón agradeció a su manera: clavó el tridente en una roca y luego la invitó a extraerlo de allí. Amimone estrujó su breve muñeca en el duro astil, el arma cedió blandamente y brotó de la piedra un cristalino manantial. De esta unión procedió Nauplio, que dio su nombre al puerto de la Argólida, en el Peloponeso.

Muchas veces sus legados tuvieron destinos insospechados. Una leyenda cuenta que Poseidón tuvo un tierno amor con Mestra, la única hija de Erisictón, un príncipe de Tesalia perseguido por la condena de un hambre imposible de saciar. Esta pena le había sido impuesta por Deméter como castigo al tesalio por haber cortado árboles del bosque consagrado a la diosa. Agradecido Poseidón por los favores de la muchacha, le concedió a ésta el don de transformarse instantáneamente, y cuantas veces quisiera, en el animal de su elección.

Pero el padre de Mestra, a quien la venta de todos sus bienes no le había permitido sosegar el apetito colosal que lo abrumaba con dolores insoportables, aprovechó la habilidad de su hija para venderla sucesivamente a distintos compradores. Una y otra vez, Mestra se convirtió en yegua, luego en becerro, más tarde en liebre o ciervo y escapaba a su dueño para volver con su padre y repetir su cadena. Pero no habría socorro que reparase su voracidad desmedida, y murió desgarrado por sus propios dientes, que buscaron en su propia carne el alimento que ansiaban, tras lo cual, por fin, Mestra fue liberada.

Los frutos del amor

También tuvo Poseidón pasiones con Tiro, hija de Salmoneo y Alcídide. Enamorada del río Enipeo, Tiro fue importunada por Poseidón, que para engañarla se transmutó en una ola del río. Se cuenta que una ola azulada, grande como una montaña, salió del cauce cuando por su orilla paseaba la joven; la ola la envolvió en una oscura burbuja, en la que se encontró con un agitado Poseidón, quien le quitó el ceñidor que identificaba a las vírgenes y gozó de ella. Satisfecho, Poseidón apretó su mano y le dijo que muy pronto tendría dos hijos de un inmortal, le pidió que los cuidara y criara, y que nunca dijera el nombre de su verdadero padre; entonces le reveló su identidad y desapareció.

Como les ocurrió a otros de sus hijos, también estos mellizos fueron abandonados en el campo, donde fueron amamantados por una yegua que los crió con sus hijos y su manada. No es entonces extraordinario que Neleo y Pelias –que así se llamaban– fueran magníficos jinetes. Este último, en particular, llevaba en el rostro las huellas de sus juegos infantiles, una coz grabada en su mejilla, origen de su nombre.

Cuando los niños crecieron comenzaron una esperanzada búsqueda de su madre, a la que encontraron finalmente en el palacio de su ex marido, pero sirviendo a su nueva esposa, una mujer despiadada que la tiranizaba. Sus hijos no la liberaron de su cautiverio sin antes vengarla de su cruel carcelera. Tiro después se casó con Creteo, y tuvo una vida humana feliz y tranquila. Sus hijos, en cambio, fueron protagonistas de nuevas tragedias familiares.

Poseidón y la Medusa

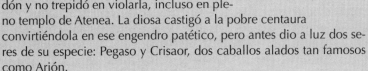

Como sus hermanos, Poseidón no sólo atacó a cuanta mujer indefensa y apetecible encontró en derredor suyo, sino que también buscó satisfacer su deseo en jóvenes mancebos e, incluso, en animales fabulosos.

Se cuenta que Medusa, una de las tres Gorgonas, no había sido siempre el monstruo aterrador que mataría Teseo. Había sido más tierna y lozana, una briosa y bella centaura que pacía tranquila en las praderas del Ática. Allí la descubrió Poseidón y no trepidó en violarla, incluso en pleno templo de Atenea. La diosa castigó a la pobre centaura convirtiéndola en ese engendro patético, pero antes dio a luz dos seres de su especie: Pegaso y Crisaor, dos caballos alados tan famosos como Arión.

Pero Poseidón también fue padre de uno de los mayores héroes del Ática. Se trata de Teseo, hijo de Etra.

Pausanias cuenta que a Etra, hija de Piteo –rey de Trecena–, se le apareció Atenea en sueños solicitándole que viajara de inmediato a la isla de Tera e hiciera allí una ofrenda a Esfero, el cochero de Pélope. Pero la aparición era en realidad una estratagema de Poseidón, que la esperaba ansioso en la isla para abusar de ella.

Luego de haber dado a luz a Teseo, su vida, sin embargo, no fue cómoda. El héroe le confió la guarda de Helena, a quien él había secuestrado, pero Cástor y Pólux la rescataron y la condujeron a Troya. Teseo murió finalmente asesinado por el rey Licomedes; su madre, cautiva en Troya, fue liberada por sus nietos Demofonte y Acamante tras la caída de la ciudad en manos griegas, pero Etra no resistió la pérdida de su hijo y se suicidó.

Otra historia notable es la de Anceo, fruto de los amores de Poseidón con Astipalea, la hija de Fénix. Fundador de la ciudad de Samos, fue también uno de los principales protagonistas de la aventura de los argonautas. Las leyendas agregan que su fuerte brazo era requerido como remero central en el buque Argos que emprendiera la búsqueda del Vellocino de Oro.

Estas mismas leyendas no cuentan nada bueno respecto de su actitud patronal. Parece que era cruel en el trato a los esclavos que trabajaban en su viña. Uno de aquellos le pronosticó que no llegaría a tomar ese vino. Anceo no lo castigó entonces, sino que esperó la cosecha, que su uva fuera prensada y que el vino se estacionara. Entonces mandó Anceo a buscar al esclavo, se sirvió una copa y le recordó su predicción. Éste le hizo notar que no debía burlarse antes de haberla bebido. En ese momento, un ayudante ingresó corriendo en la estancia y le comunicó a Anceo que un jabalí monstruoso estaba destruyendo su viña. Anceo corrió a detener al animal, pero murió atravesado por sus colmillos. La copa de vino, tal como lo había augurado el esclavo, quedó sin beberse.

Una prole de monstruos

Pero, ciertamente, Poseidón es más conocido por el abultado número de seres monstruosos a los que se le asignó su paternidad, como Amico, hijo de los amores del dios del mar con la ninfa Melia. Aquél asolaba la comarca de Bitinia, en Asia Menor, en la que había sentado su fama de pugilista. Era un gigante que obligaba a cualquier extranjero a pelear con él y casi sin excepción lo mataba, con lo que acrecentaba su notoriedad.

Se cuenta que arribaron allí los argonautas antes de enfrentar el estrecho de los Dardanelos rumbo al Mar Negro. Cástor, el hermano de Pólux, y Pilideuco desembarcaron del Argos en busca de agua y al llegar junto a un manantial encontraron al gigante durmiendo envuelto en una piel de león. Despertado, y de mal humor por los importunos hombres, los retó a pelear. De otro modo, les dijo, no podrían beber. Polideuco aceptó el desafío, y todos los argonautas y bitinios concurrieron a presenciar el espectáculo. Polideuco finalmente venció a Amico, pero en vez de matarlo lo obligó a prometer, por su padre Poseidón, que jamás volvería a amenazar la vida de ningún extranjero.

Escirón y Sinés fueron otros dos hijos monstruosos de Poseidón, encarnizados con los desventurados viajeros que pasaban por sus residencias. Escirón moraba al borde de un abismo, en donde obligaba a los viajeros a lavarle los pies de espaldas al precipicio para, luego, arrojarlos de un empujón para que en su fondo los comiera una tortuga abominable. Como a sus hermanastros, también a él lo alcanzó la furia de Teseo.

Algo similar ocurrió con Sinés. Éste era conocido como Pitiocamtes –torcedor de pinos– por una manía que lo había hecho famoso. Cazaba a los extranjeros que se atrevían a entrar en su hábitat y los sometía al siguiente procedimiento: el gigante apresaba dos pinos y los torcía hasta que la copa tocara la tierra. Entonces enganchaba al infortunado a la punta, como si fuera una saeta, y los pinos el arco; luego lo soltaba para divertirse con el vuelo que sus víctimas experimentaban antes de caer al suelo muertos. Teseo lo burló con inteligencia y lo sometió a la misma experiencia, y tuvo el mismo fin que antes sus infortunadas víctimas.

Otros hijos famosos del dios

También el prodigioso gigante Orión fue hijo de Poseidón, aunque su paternidad fue compartida con Zeus y Hermes. Se cuenta que Hirieo, hijo de Poseidón y la Pléyada Alcíone, recibió un día las visitas de esos tres dioses y les ofreció cuanto tenía, como buen anfitrión que era. Agradecidos, los dioses lo instaron a que pidiera algo que le sería concedido, y entonces Hiereo, que deseaba mucho tener un hijo, hizo este pedido. Zeus, Hermes y Poseidón fecundaron al instante una piel de buey que Hirieo enterró. Nueve meses después abrió la tierra y dentro de la piel había un rosado infante, al que llamó Orión. Del rey del mar, padre y abuelo a la vez, recibió la propiedad de caminar sobre las aguas.

Este gigante era tan hermoso que fue amado por la Aurora y por la casta Artemisa, que a ningún otro hombre amó. La leyenda cuenta que pereció por una flecha de la diosa tras un engaño del celoso Apolo. Finalmente, dolorida, Artemisa le pidió a Zeus que lo llevara al cielo, dando origen a la constelación que lleva su nombre.

Otros hijos famosos de Poseidón fueron los Aloidas, frutos del amor del dios con Ifimedia, la hija de Tríope. La madre de estos hermanos había sido raptada por unos piratas y conducida a la isla de Naxos. Allí fueron a buscarlos los Aloidas, que derrotaron y pusieron en fuga a los piratas. Luego liberaron a su madre y establecieron allí su dominio.

El lecho de Procustro

Este hijo de Poseidón era un notable bandido que asolaba los llanos de Eleusis. Pero además de robar las pertenencias de los viajeros, sometía a éstos a un suplicio de lo más cruel que pueda imaginarse. Tendía al desventurado sobre un lecho de hierro y lo amarraba a éste con cadenas. Si las piernas del sujeto excedían del largo de la cama, las cortaba a la medida. Si por el contrario quedaba corto, no era mejor su suerte; Procustro las alargaba a martillazos hasta alcanzar la cota requerida.

Podría haber seguido tiranizando a sus ocasionales visitantes, pero Teseo se cruzó en su camino y no sólo lo venció, sino que le hizo probar de su propia medicina. Como a su medida la cama era demasiado pequeña, Teseo le cortó la cabeza y los pies.

Señor de monstruos y caballos

Poseidón es conocido también por la infinidad de monstruos con la que asoló costas y regiones. Como el que envió contra Laomedonte, rey de Troya, después de que éste se negase a pagarle a él y a Hermes por los trabajos que se habían tomado en la construcción de las murallas de Ilión.

También envió monstruos y tempestades contra la Etiopía del rey Cefeo, cuya esposa, Casiopea, había tenido el atrevimiento de compararse en belleza con las Nereidas. Consultado el oráculo de Zeus-Amón sobre una solución para esta calamidad, aquél recomendó que se sacrificara a la hija del rey, Andrómeda, encadenándola a la voracidad del monstruo en una roca de la costa. Pero ocurrió que pasó por allí Perseo, se enamoró de la joven virgen y no sólo la rescató, sino que también mató al monstruo.

El célebre toro de Creta, padre del Minotauro, también fue un envío que Poseidón le hizo al rey Minos encomendándole que lo sacrificara. Pero Minos vio tan bello al animal, que pretendió engañar al dios sacrificando otro toro. Poseidón no perdonó la falta de Minos y para castigarlo instigó en su mujer, Pasifae, una pasión irreprimible por el toro. Ella y su engendro fueron luego encerrados por Minos en el laberinto construido por Dédalo.

Pero a la par de monstruos, a Poseidón también se le atribuyó la creación del caballo. Es curioso que, siendo una divinidad del mar, se le haya adjudicado el origen de un ayudante tan eficiente del género humano. Sin embargo, es el mismo canto homérico el que declaró esta propiedad de Poseidón cuando lo consagró "domador de equinos".

Ya la leyenda de sus amores con Deméter nos habla de esta relación de Poseidón con el caballo, sin contar que el mismo Pegaso es hijo de los amores del dios con Medusa. Así, varios de sus hijos, abandonados por sus madres, fueron amamantados por yeguas. También se dice que cuando Atenea disputó con Poseidón por el Ática, este último creó el caballo para conseguir el beneplácito del tribunal. Entonces Poseidón hizo surgir al caballo Escifio tras clavar en una roca su tridente. Sin embargo, de poco le valió por el momento, ya que los dioses juzgaron más útil al olivo.

Festividades en honor del dios

Otra versión del mismo mito fundacional señala que el caballo apareció de la tierra tras haber sido fecundada por Poseidón. Como sea, se atribuyó al dios la invención del arte ecuestre, y años después se lo convirtió en patrono de los caballeros. En su nombre fueron instituidos los juegos hípicos. E incluso se sacrificaron caballos en su honor en los principales santuarios. Aunque sin duda los puertos concentran lo más rico de las construcciones de homenaje al dios del mar.

Corinto, una de las ciudades más espléndidas de la Antigüedad, llevaba a cabo cada cuatro años las famosas "Fiestas Ístmicas" en honor a Poseidón, que duraban quince días y consistían en concursos gimnásticos, hípicos y de música, canto y danza. Se creía que los juegos habían sido establecidos por Teseo y hasta incluso se citaba una fecha de iniciación de éstos en 1259 a. C. Sí se sabe con mayor precisión que los juegos fueron instalados por Periandro, tirano de Corinto, hacia 587 a. C. Estos juegos tenían para los griegos una trascendencia similar a los que se celebraban en Olimpia o en Delfos.

Aunque asiduamente aparecen caballos en las imágenes del dios y su corte, lo más habitual es representarlo empuñando el tridente que lo identificaba como ninguna otra cosa. Éste no era más que un arpón de pescador, que en el devenir de la escultura y la pintura helena evolucionó hacia una forma de cetro real, compuesto por una larga asta coronada con el arpón de tres dientes. Alrededor de Poseidón siempre aparecían tritones, nereidas y delfines, pez al que Poseidón debía el dato que le permitió acercarse a la inaccesible Deméter.

También las Ninfas formaron parte natural de su cortejo. Éstas fueron las principales divinidades de las aguas dulces, y solían vivir en lagos y manantiales. Su número es incalculable, al punto que Ovidio las estimó en un millar. Bellas y amables, poblaron todas las historias del antiguo Egeo. Según Homero eran hijas de Zeus, mientras que para Hesíodo su origen eran las gotas derramadas de la herida de Urano, fértiles como pocas.

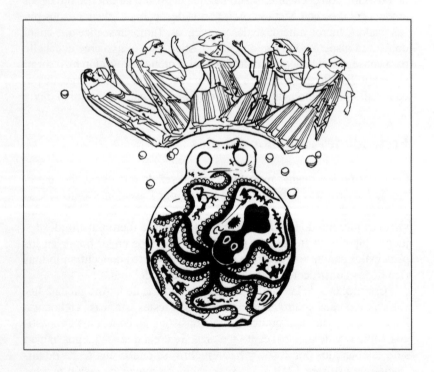

DIONISO, EL DUEÑO DE LA FIESTA

amos a ingresar en la historia del más feliz de los inmortales. Dioniso era el amo de la fiesta y la luz de los ojos de su padre Zeus.

Existen varias historias sobre su nacimiento, puesto que muchas ciudades se han atribuido ser lugar de este prodigio, aunque Tebas es reconocida por la mayoría como la patria verdadera del dios del vino. Típica deidad de la naturaleza, se le suponen orígenes diversos, hasta uno muy lejano inspirado en el dios hindú Soma, que se habría extendido lentamente por la Anatolia hasta llegar al Egeo.

La más conocida de las leyendas es la que lo tiene como hijo de Zeus y Sémele, la bella tracia hija de Cadmo y Armonía, a quienes ya hemos mencionado en ocasión de las venganzas de Hera. Se cuenta que en el propio palacio de Cadmo la sedujo el pícaro Zeus, que así gozó de la hospitalidad tebana. Lo curioso es que Sémele se haya jactado públicamente de su comercio con los dioses.

Por supuesto, no fue difícil que la celosa Hera tomara conocimiento de las andanzas de su caprichoso marido y concibiera una venganza que le haría honor e incrementaría su fama. Secuestró y suplantó a la nodriza de la joven Sémele y, muy pronto, cuando ésta le comentó muy oronda de las largas estancias del inmortal en su alcoba, y de su fogosidad divina, Hera le replicó que todo eso era mentira, que lo había soñado, que tenía una imaginación muy fértil.

Enfurecida por la incredulidad de su nodriza –que incluso hasta se burló de ella murmurando con sus sirvientas y sonriendo en forma socarrona–, infeliz por su herida vanidad y afectada por su engreimiento, Sémele se perdió a sí misma mendigando la aprobación de su nodriza –a la que no podía reconocer como quien realmente era, la esposa de su amante– y le pidió que le dijera qué debía hacer para probarle la verdad de sus dichos. Y Hera, que sin duda esperaba esa demanda, le respondió que sólo le creerá si lo veía a éste bajar en todo su esplendor, con su carro de fuego, su casco y aquellos portentosos caballos, con su rayo y su dignidad, sin ocultarse tras la apariencia de algún inofensivo animalito, ni de la serpiente o el toro, tras los cuales se decía que se había impostado en otras ocasiones.

La tragedia, a punto de desatarse

En la primera oportunidad, Sémele le insistió a su satisfecho amante con la demanda de mostrarse descubierto para que todo el mundo supiera que ella era amada por un dios. Ciego por amor, Zeus cedió al reclamo y se apareció frente a ella y a la nodriza-Hera, quien disfrutaba, en un rincón, del desenlace de su venganza. En el instante de su aparición la llama y el rayo quemaron a Sémele.

Entre las llamas del palacio de Cadmo logró Zeus rescatar al fruto de sus amores con la infortunada princesa, una criatura que no habría de tener más de tres meses de gestación. Entonces el padre de los dioses abrió un profundo tajo en su muslo, colocó en él a su descendencia y luego cosió los bordes de la herida. Cuando la gestación llegó a su término, la pierna derecha del dios parió a este niño llorón, que sería muy pronto la alegría de dioses y de hombres.

En algunas imágenes antiguas solía representarse esta escena del parto con la participación de Déméter o Atenea recibiendo al niño Dioniso y arropándolo. Pero inmediatamente fue Hermes quien se hizo cargo del infante, puesto que para Hera su venganza no sería completa hasta destruir la estirpe de su rival y a quienes interviniesen en su amparo.

Dioniso era el más feliz de los inmortales; amo de la fiesta, la alegría y el vino.

J.ARON

Convertido en cabrito para escapar a la vigilancia de Hera, Dioniso fue entregado por Hermes a las Ninfas de Naxos, donde fue criado. Antes de esto, Apolo lo había dado para su cuidado a Ino, la hermana de Sémele, pero una vez que la vengativa Hera se hubo enterado enloqueció a Ino y a su esposo Atamante, y éstos mataron a sus propios hijos y se suicidaron. Dioniso escapó porque afortunadamente Hermes vigilaba la crianza de su hermanastro y lo salvó de la tragedia familiar.

Polvos mágicos

Otra leyenda se cuenta acerca del nacimiento de Dioniso, que debe probablemente su origen a la influencia que el culto órfico tuvo posteriormente en la Hélade.

En esta versión se hacía nacer a Dioniso de una sofisticada relación de Zeus con Perséfone. Hay que decir que ésta era un monstruo cornudo provisto de cuatro ojos, y además alertar de que era su propia hija, puesto que había nacido de sus amores con Rea.

Pero Perséfone no dio a luz a Dioniso sino a Zagreo, y fue éste el perseguido por la furibunda Hera, que les encargó a los Titanes deshacerse de él, cosa que éstos realizaron con notable literalidad, puesto que una vez muerto lo despedazaron y lo cocinaron, y hasta incluso tentaron a Zeus con el olorcito del asado. Pero éste sospechó y no tardó en concluir que era su hijo (o los restos de él) lo extendido sobre la parrilla. Fuera de sí, exterminó a los Titanes con su rayo y le encomendó a Apolo que sepultara a su hijo en el Parnaso.

A todo esto, Atenea consiguió preservar el corazón de Zagreo y Zeus hizo polvo con él para mezclarlo luego en una copa de vino que le dio a tomar a Sémele, que, de este modo, resultó embarazada. He aquí un nuevo origen para el niño Dioniso; sin duda, un origen extraño.

Filia, Coronis y Cleis fueron las tres ninfas encargadas de la crianza de Dioniso, y en otras leyendas se atribuye esta tarea a Macris, la hija de Aristeo, que se habría ocultado por años en una gruta de Eubea donde lo habría alimentado con miel.

En cualquier caso, las leyendas son unánimes en destacar una infancia que transcurrió en plena naturaleza, en donde el niño dio libre curso a sus instintos. Dice el himno homérico que "...iba errante de un lado para otro por las profundidades boscosas de las torrenteras, coronada la cabeza con tupidas ramas de hiedra y de laurel. Las ninfas le seguían en cortejo y él avanzaba a su cabeza, ensordeciendo la inmensa selva con el tumulto de su marcha".

Bebida sagrada

Seguramente el atributo más conocido de Dioniso es la vid y el vino que con ella se produce. Una bebida tan apreciada por el ser humano desde la más remota Antigüedad no podía menos que darle a su creador mítico una popularidad inconmensurable. Son centenares las leyendas que hablan de su origen, y por supuesto Dioniso participa de todas ellas. Lo curioso es el importante número de episodios que relatan, no la creación de la vid, sino su llegada a la Hélade en las manos del dios.

Teopompo, historiador griego del siglo IV a. C., filia su origen en Olimpia a orillas del río Alfeo; otros le atribuyen un origen egipcio o del lejano Mar Rojo; al mismo dios se lo invoca como nacido en Nisa, una mítica ciudad de la India o Etiopía. Tal imprecisión poseen las fuentes. Pero en todo caso, es al dios a quien atribuyen la invención de la sagrada bebida y, al decir de los tirios, todas las viñas del mundo helénico procedían de un primer plantón que Dioniso arraigó junto a la legendaria ciudad de Tiro en el Líbano.

La leyenda de Icario nos relata la introducción de esta planta en el Ática. Rey de Icaria, ciudad situada al pie del Pentélico, recibió al dios en su casa junto a su mujer Fanotea. Agradecido por la bondad de su anfitrión, Dioniso le habría enseñado a éste la elaboración del vino. Pero no le ofreció esta enseñanza sin una severa advertencia: debía ocultar estos odres, que contenían su invento, de la curiosidad de los vecinos, bajo la pena de sufrir las mayores desgracias, él y sus hijos, si aquéllos fueran descubiertos.

Ocurrió finalmente que los odres fueron encontrados por unos pastores que bebieron hasta olvidar sus nombres y, entregados a un frenesí demencial, acabaron con la vida de Icario y Fanotea. Erígone, hija de ambos, buscaba desesperadamente a su padre cuando su perra Mera dio con su cadáver semioculto bajo unas piedras. Desesperada, Erígone se ahorcó en las ramas del árbol bajo el cual estaba enterrado Icario.

De amores y otros raptos

Poco se sabe de los amores de un dios tan festivo, apenas el episodio de sus encuentros con Caria, la hija del laconio Dión. Incluso muy poco se conoce de ella. Dioniso lloró amargamente su muerte en plena juventud, y para recordarla siempre la convirtió en nogal. Más popular es la historia de su relación con Ariadna, la esposa abandonada en Naxos por el ingrato Teseo. Aunque en auxilio, y para excusa de Teseo, otras fuentes dicen que el propio dios se le habría aparecido al héroe en sueños para amenazarlo de muerte y así forzar su huida, lo que ciertamente no lo disculpa del todo.

Dioniso habría descubierto a la hija de Minos durmiendo junto a un tranquilo manantial en el interior de su isla y al instante quedó prendado de ella. La leyenda añade que entonces se dirigieron juntos al monte Drío y nunca se los volvió a ver, y agrega que Zeus le dio a la esposa de su hijo la inmortalidad que su rayo concedía.

Cuando el mar se transformó en fragante vino

La misma isla de Naxos posee centenares de leyendas que lo involucran. Quizá la más conocida sea la de su rapto por piratas tirrenos siendo aún niño. Lo subieron a bordo de la nave e intentaron atarlo a un palo, pero las ligaduras se escurrieron de sus brazos y de sus piernas.

El piloto, que observaba mudo de espanto el prodigio, dirigió a sus compañeros una vibrante arenga en la que los intimaba a dejar en la playa a ese niño que, muy probablemente, fuera hijo de un dios o dios él mismo. Pero el patrón de la nave no desistió de su ambición, la codicia lo cegó y le dijo al piloto que, si lo quería, bien podía compartir la suerte del joven, y que ésta no sería otra que la de ser vendidos como esclavos en Egipto. La nave se echó al mar y se dirigió al oeste y al sur muy lejos de la isla de Naxos, morada de la deidad.

Hasta entonces Dioniso había permanecido callado y tranquilo, y no parecía muy interesado por la escena que se desarrollaba a su alrededor, mas de pronto extraños prodigios comenzaron a ocurrir. Las olas se tornaron fragante vino, por el palo mayor trepó rápido el sarmiento

de una vid y muy pronto surgieron a intervalos racimos de dulces y negras uvas. Al mástil se enlazó también una hiedra, comenzaron a aparecer guirnaldas y coronas que colgaban de los remos, unos remos que en vano se afanaban los marineros por hundir en un mar de vino que los rechazaba una y otra vez.

La desorientación se transformó en terror cuando vieron a popa que a ambos lados del niño un león y una pantera se habían echado mansos para recibir su caricia. De pronto se enderezaron las fieras y enfrentaron a la tripulación, que se apiñaba en la proa; el león tomó por el cuello al jefe y fue ésta la oportunidad que aprovecharon sus compañeros para lanzarse al mar. Sin embargo, apenas se zambulleron regresaron a la superficie convertidos en delfines. Ya el león despedazaba al jefe de la banda, pero Dioniso tranquilizó al piloto, que temblaba a su lado:

—Tranquilízate, tú que eres caro a mi corazón; porque yo soy Dioniso, el dios bullicioso, dado a luz por una madre cadmea, Sémele, unida por amor a Zeus.

Le encareció entonces que lo condujera a su isla, y una vez arribado a tierra le agradeció al piloto con una rama de viña y una cratera de vino que decía: "Harán tu riqueza".

Viajero y conquistador

Dioniso era, para la tradición griega, un dios viajero y sus expediciones se incrementaban en la misma medida en que los helenos se expandían por el Mediterráneo y por otras lejanas tierras. El propio Alejandro fue reinterpretado como un Dioniso que avanzaba conquistando sobre los más remotos lugares del globo.

Los griegos solían atribuir las características de sus dioses a las deidades que descubrían en sus expediciones, y se tranquilizaban con la idea de que el distinto nombre sólo obedecía al extrañamiento de las poblaciones y no a un origen diverso de las deidades. En este sentido, no es extraño que reconocieran a Dioniso en las imágenes sagradas de egipcios, libios, etíopes, árabes, iranios e hindúes, a quienes este dios habría conquistado antes de que los griegos llegaran allí.

Por lo mismo, puede afirmar Pausanias que fue Dioniso el primero en conducir una expedición a la India, y el primero en construir un puente sobre el Éufrates. Dice que aún en su época se mostraba un cable que había servido para unir ambas orillas. El cable poseía restos de hiedra y sarmientos de vid. Dice que cruzó el Tigris montado en un león que le había regalado Zeus, y que al frente de un cortejo de sátiros y ménades penetró en la India, provocando las risas de sus habitantes por una tropa tan poco intimidante. Dioniso les hizo una larga guerra (unas tradiciones hablan de tres y otras de cinco años) y los derrotó finalmente. Aunque no se sintieron muy apesadumbrados desde que el dios les llevó el conocimiento de la agricultura en general y el cultivo de la vid en particular.

Un antecedente del cine catástrofe

El teatro de Dioniso es el origen del teatro griego. Es el más antiguo de toda la Hélade y fue construido mucho antes de las guerras médicas.

La escena se situó en el lugar del antiguo templo de Dioniso Eleuterio. En un hemiciclo a su frente se establecieron las graderías de madera para los espectadores. Allí nació la tradición, pero a mediados del siglo V, durante el transcurso de una representación, las gradas de madera se hundieron y los espectadores se precipitaron a tierra entre ayes y pedidos de auxilio. Hubo decenas de muertos y heridos. A partir de entonces se construyó en piedra el primer teatro permanente. En el centro, la "orchestra" destinada al coro y los actores y rodeándole en semicírculo, el "theatron" en piedra caliza para los espectadores.

En el siglo IV, bajo la administración del Arconte Licurgo, se perfeccionaron las gradas y se agregaron los sesenta y siete sillones de mármol pentélico para los sacerdotes, las sacerdotisas del culto y los magistrados.

También es importante el papel desempeñado por Dioniso en el triunfo de Zeus sobre los Gigantes y Titanes enviados por Cronos. Ayudó a Heracles en esta lucha un ejército de sátiros y silenos montados en asnos que pusieron en fuga a los rivales del Olimpo.

El mismo Dioniso mató al gigante Eurito con su famoso "tirso" –del que ya hablaremos– y tomó la forma de un león para derribar a Faeto. Su fidelidad a los olímpicos fue recompensada permitiéndole Hades que se llevase de su reino a Sémele, que así regresó entre los vivos para residir eternamente en el Olimpo.

El dios de los placeres

El culto de Dioniso se caracterizaba por el delirio que se apoderaba de sus adoradores. La embriaguez de su bebida sagrada representa la comunión de sus fieles con la naturaleza divina del hijo de Zeus y Sémele. Dice Eurípides: "Dioniso es el dios de los placeres. Reina en medio de los festines, entre las coronas de flores; anima las alegres danzas al son de su churumbela; hace brotar las retozonas risas y desvanece los negros cuidados; su néctar, discurriendo por la mesa de los dioses, aumenta su felicidad, y los mortales apuran en su copa risueña el sueño y el olvido de sus males".

Su culto tenía un carácter orgiástico. En la imaginación griega, la vida cotidiana del dios estaba plagada de fiestas y banquetes, y el culto buscaba reproducir esa imagen de ensueño. Con mucha frecuencia la fiesta derivaba en orgía, e involucraba a la población de grandes ciudades o pequeñas aldeas, aunque también fue muy común que el rito estuviera a cargo de las mujeres y sólo ellas participaran. En las montañas, e iluminadas por antorchas, centenares de damas jóvenes y ancianas se entregaban con frenesí al baile y los encantos de Lesbos mecidas por el dulce bálsamo del vino. Coronadas de hiedra, golpeaban tirsos y tambores invocando la presencia del dios, que en verdad ya estaba con ellas.

Este tirso era el emblema de Dioniso, y lo representaba como el caduceo a Hermes. Muy modificado a través de los siglos, se lo concibe como un basto con una piña enorme en el extremo, casi una alcachofa o un espárrago gigante, que empuñaba como sus mayores empuñaban el rayo o el tridente; aunque según parece, la tradición indica que este tirso actuaba al modo de una varita mágica. Por supuesto, en todas las pinturas y esculturas el dios levantaba una copa en la mano derecha, y también una viña se estiraba seguro a sus pies como la hiedra que coronaba su frente.

Festividades y celebraciones

No era su único legado el de provocar en los mortales –e inmortales– el olvido de sus dolores: Dioniso era un verdadero bienhechor de la humanidad, a él se agradecía la riqueza del suelo, se le atribuía el arado y el haber uncido por primera vez bueyes a su frente. Tampoco era un hecho menor que la sociabilidad inspirada por su bebida sagrada haya favorecido la organización de las ciudades y el desarrollo de la civilización.

En la polis era retratado como un defensor de los débiles frente a los poderosos, e incluso en muchas festividades se lo llamaba "libertador", y en su homenaje se liberaba a un número importante de esclavos. Quizá resida allí el origen del nombre de Liber que los romanos le atribuyeron indistintamente a Baco.

La Tracia fue el lugar de nacimiento del culto a Dioniso, pero de allí muy pronto se propagó a toda Grecia, y así tenía su fiesta en Orcómeno, en la Beocia, donde se celebraban las Aigrionia, que conmemoraban la leyenda de las tres hijas de Minias: Alcipe, Arsinoe y Alcatos, convertidas en obstinadas antagonistas de Dioniso, al que reprochaban su frivolidad.

Éste recurrió a todos los medios para traerlas a su culto; así se presentó ante ellas como una doncella que intentó seducirlas, y luego incurrió en el terror transformándose sucesivamente en toro, en león y en pantera. Pero nada logró y, enfurecido, les apuntó con su tirso y en el acto enloquecieron: Alcipe mató a su hijo Hipaso y sus hermanas se atacaron como bestias feroces. Para concluir, un estrecho compañero de Dioniso, su hermano Hermes, aplicó su caduceo para convertir a las tres mujeres en murciélago, búho y lechuza.

Cultos como el mencionado se efectuaban desde antiguo en la cumbre del monte Parnaso, al norte de Corinto, adonde acudían mujeres de toda la Hélade, y en la propia Delfos, junto a la mítica tumba del dios. Pero donde hacían eclosión estas festividades religiosas –puesto que la religión en Grecia tenía este carácter festivo– era en la propia Ática.

En la época de la vendimia se celebraban las Ascolias, fundamentalmente en los ámbitos rurales, a los que sin duda pertenecía la mayoría de la población. En el pueblo de Icaria, en particular, se celebraba la Aiora, que conmemoraba la muerte de Icario y el suicidio de su hija Erígone; entonces, colgaban de los árboles muñecas en homenaje a la desgraciada muchacha.

Chispeante entusiasmo

Pero las verdaderas "fiestas" eran las dionisíacas, grandes o pequeñas. Las pequeñas eran aquellas que se desarrollaban antes de la vendimia: las Theoenia, las Brauronia, que se celebraban en el diminuto pueblo de Braurión, y las Océorias, que se desarrollaban en Atenas. Todas ellas eran básicamente, como las describe Plutarco, "...de una simple y popular

alegría. A la cabeza del cortejo, un ánfora de vino y un sarmiento, luego un cabrón que alguien arrastraba; después una cesta de higos, y al final el falo". Porque, como a Hermes, también a él se le homenajeaba y recordaba con símbolos fálicos.

Las que se llevaban a cabo en Atenas eran, por supuesto, más sofisticadas. Hacían memoria del regreso de Teseo de Creta tras haber vencido al Minotauro. Veinte jóvenes, que representaban a aquellos que marchaban en ofrenda al monstruo del Laberinto cada año, caminaban al frente de la procesión con una cepa de vid en las manos: eran los oscóforos. Tras ellos venían las deifnóforas, que representaban a las madres de los inmolados acompañando a sus hijos hasta el infausto trirreme, que los conducía como tributo a Creta.

Durante el transcurso de la procesión los oscóforos se enfrentaban entre ellos por parejas y los diez triunfadores eran invitados a beber una mezcla de vino, miel, aceite, harina y queso. No podemos imaginar el sabor de este brebaje, pero suponemos que sabía a gloria. Al llegar al templo de Atenea, depositaban allí sus pámpanos y, en el interior, se efectuaba una ceremonia y un banquete. Después todos regresaban a la ciudad en una chispeante marcha que daba gritos de alegría y devoción.

Las grandes dionisíacas, que se celebraban en Atenas después de la vendimia –que por supuesto no era cualquier cosecha–, eran las más famosas y concurridas de toda la Hélade. Se subdividían en tres fiestas sucesivas: las Antesterias, las Leneas y las Grandes Dionisíacas.

Tan sólo las primeras ya tenían una duración de tres días completos; eran las fiestas floridas, la primera de las cuales, la Pitegia, era el momento en que se abrían los odres de la última cosecha. Era una verdadera fiesta familiar de la que incluso participaban los esclavos. Allí podía tenerse una idea aproximada de la calidad de los vinos que habrían de gustarse durante el transcurso de los festejos.

Le seguía la Choes, basada en una leyenda relacionada con la institución de la justicia en Atenas, la historia de Orestes y el juicio que le instruyera el Areópago por el asesinato de su madre. Clitemnestra era a su vez culpable de asesinar a su marido Agamenón, por lo que el delito de Orestes era de venganza. Finalmente era absuelto y la disputa con las Furias –que no podían dejar impune esa muerte– se resolvía integrándolas a la magistratura ateniense.

Lo que a nosotros nos interesa es que por causa de este trámite, que se desarrollaba justo durante la celebración de las fiestas dionisíacas, nadie podía ofrecer al reo vino, como era la costumbre. Demofonte, entonces rey de Atenas, decidió que se cerraran los templos y se colocara una Choes (una copa de tres litros) junto a cada ciudadano, al sonido de

la trompeta todos beberían y olvidarían por esa noche la ofensa que a
la ciudad se había realizado, anticipando de este modo la absolución
que su caso tendría frente al primer tribunal de la polis.

La designación del jurado

La importancia social y política que muy pronto tomó el teatro en Grecia se traslució en el complicado procedimiento elegido para designar
al jurado de las representaciones artísticas durante las fiestas dionisíacas. Estas sesiones del teatro de Dioniso eran verdaderos concursos de
arte dramático, que duraban de tres a cuatro días. Participaban en
ellos tres representantes por la tragedia y tres por la comedia, cada
uno de los cuales debía ofrecer una trilogía.

Como el jurado debía contar con todas las garantías, elegía la
asamblea de los Quinientos, asesorada por los Coregas, los nombres de
ciudadanos destacados de las diez tribus que constituían la ciudad. En
sesión secreta se escribían esos nombres y se incorporaban a una urna
que permanecía custodiada en la Acrópolis por los tesoreros.

El día que se efectuaba el concurso, la urna era llevada al teatro
y el Arconte extraía de ella los diez nombres de los jueces que presidi-
rían la justa. Los magistrados así elegidos se comprometían a juzgar de
conformidad a su conciencia.

Después del concurso cada uno escribía en una tablilla la puntua-
ción que asignaba a cada concursante. Un segundo sorteo designaba
a los cinco jueces definitivos que proclamaban al vencedor contan-
do con la opinión previa de sus pares.

Se conserva la fórmula que el heraldo pronunciaba en esa ocasión:
"Oíd ciudadanos; según la costumbre nacional, bebed vuestras medidas
de vino en cuanto suene el trompetazo; quien primero vacíe la suya re-
cibirá un odre de Ctesifonte". El anuncio nos dice mucho respecto de la
generosidad de la administración municipal, y también sobre la tolerancia al alcohol que tenían los ciudadanos atenienses.

A la Choes seguía la Chytres, que recordaba el despedazamiento de
Zagreo por los titánidas, y toda la ceremonia tenía un sentido fúnebre y
de recogimiento. Al día siguiente estallaban las Leneas, que celebraban
la edificación del primer lagar. Ese día se ofrecía a los ciudadanos un
gran banquete a cargo del Estado y se cerraban con cuerdas las entra-
das de los templos. La fiesta puede homologarse al carnaval, ya que,
como en éste, proliferaban en aquélla los disfraces de sátiros, silenos y

panes (por el dios Pan), los desfiles de carros alegóricos, la alegría y las bromas, a veces muy groseras. De aquel desfile entusiasta que cantaba alabanzas a Dioniso nació el "ditirambo", y de él nació la tragedia, que se cree fue representada por primera vez durante el gobierno de Pisístrato hacia 536 a. C.

A las Leneas sucedían las Grandes Dionisíacas, que duraban por lo menos cinco días, y que en su época de esplendor congregaban a peregrinos del entero mar Egeo. Se iniciaban con el Proagón, en el que se anunciaban las piezas que los espectadores verían representadas en el teatro de Dioniso. Cada grupo teatral se presentaba a los espectadores proclamando el nombre de la obra y una relación sucinta de su desarrollo. Allí los actores trataban de ganarse el favor del público para que concurriera después a la escena. Esto llevaba toda una jornada, por lo que, al día siguiente, muy temprano en la mañana, se continuaba con la procesión o Pompe.

Ésta poseía toda la "pompa y circunstancia" que ya era característica de las Panateneas; se paseaba entonces una escultura (Xoanon se llamaban las efigies sagradas de madera) de Dioniso Eleuterio, que resaltaba el carácter libertario del dios del vino. El coro entonaba los versos del poeta tebano Píndaro: "En la argiva Nemea, el adivino aguarda atento el instante en que la palma se eleva del tronco, cuando se abre la cámara de las Horas y las fragantes flores sienten el soplo embalsamado de la primavera. Entonces, el amable follaje de las violetas se extiende sobre la tierra inmortal; entonces, las rosas se prenden en las cabelleras, las voces resuenan confundidas con los sones de las flautas y los coros rompen en alabanzas a Sémele, ceñida con graciosa cinta".

Dios de la alegría, rey de los infiernos

El culto de Dioniso sufrió una transformación significativa cuando se extendieron por la región los llamados "cultos órficos". Al mítico poeta Orfeo, que ayudó a los argonautas en ocasión de su encuentro con las sirenas, se le atribuye una muerte similar a la de Zagreo, el hijo de Perséfone.

He allí el origen de los misterios órficos, que tratan de esta doble condición de quien es para este culto el dios mayor del panteón, Dioniso Zagreo, quien, despedazado por los titánidas y recreado por la acción de su padre, reencarnó en un nuevo ser. Un nuevo ser que poseía la divinidad de Zeus y el espíritu infernal de su madre. La deidad así venerada reinaba en los infiernos cual Hades y junto a su padre en el trono celeste.

Las manos de Eurídice

La leyenda cuenta que la esposa de Orfeo, Eurídice, murió por la picadura de una víbora. El poeta rogó al Hades que le devolviera a su amada, y fue tan conmovedor su ruego y tan bella su poesía, que el dios de los infiernos consintió finalmente en que se llevase a su esposa, con la condición de que ésta lo siguiera pero Orfeo no se volviera ni un instante hasta abandonar el Hades.

Muy cerca ya de la entrada al averno, Orfeo se volvió para comprobar que Eurídice estaba a su espalda, y fue entonces cuando ésta se desvaneció definitivamente. Desconsolado, Orfeo se transformó en un misógino, que con su actitud se atrajo el odio de las mujeres tracias.

Las Ménades, sin embargo, intentaron seducirlo e invirtieron en esta tarea mucho esfuerzo, mas al desistir no lo hicieron sin rencor. Furiosas, despedazaron su cuerpo a orillas del Hebro y esparcieron los pedazos por toda la tierra. Las Musas recuperaron su cabeza y su lira, que fue incluida entre las constelaciones.

Los testimonios que se conservan del rito órfico hablan de una iniciación que denominaban "homofagia", donde los iniciados debían despedazar viva a su víctima y comer cruda su carne. El animal elegido era un toro, puesto que la leyenda decía que el dios solía asumir ese carácter. Así creían asimilar al mismo dios y entrar en comunión con él. Al morir, Dioniso los reconocería de entre los muertos y sus almas migrarían a otros cuerpos.

Eurípides, dramaturgo del siglo V a. C. –probablemente acólito de esta religión–, invoca de esta manera a Dioniso Zagreo en una de sus obras: "A ti, soberano ordenador, consagro esta ofrenda y esta libación; a ti, Zeus o Hades, según prefieras que te llame. Acepta este sacrificio sin fuego, estos frutos de toda clase, ofrecidos en cestas llenas. Tú eres entre los dioses del cielo el que tiene en la mano el cetro de Zeus, y eres también tú quien en los infiernos compartes el trono de Hades. Envía la luz del alma a los hombres que quieren saber las pruebas de su mortal destino; revélales desde ahora de dónde han venido, cuál es la raíz de los males, con cuál de las divinidades bienhechoras deben conciliarse por medio de sacrificios para obtener el reposo de sus sufrimientos." Este "...de dónde han venido..." tiene un sentido particular, puesto que el culto órfico creía en la transmigración de las almas, modalidad más habitual en cultos orientales.

Dioniso aparece siempre rodeado de pámpanos, racimos de uva y la hiedra que, se dice, lo protegió del fuego cuando el rayo de Zeus calcinó a su madre. Habitualmente se dejaban ver junto a él sus animales preferidos: el toro, que le sirve de cabalgadura, la cabra, el ciervo y el asno. Menos habitualmente el león y la pantera, que aparecían en el episodio de su secuestro por piratas tirrenos. En sus manos siempre había una copa de vino y el tirso que lo identificaba. Sus adoradores hacían sonar flautas, siringas, címbalos y tamboriles. Se adornaban con pámpanos y flores, por supuesto, pero también con las máscaras de la sátira, la tragedia y la comedia, con que personificaban a sus héroes en las representaciones teatrales.

Enamorado de las danzas bulliciosas

Su cortejo estaraba constituido, en primer lugar, por las Ménades. Estas ninfas eran sus más fieles compañeras, y el rito de sus adoratrices mortales replicaba los gritos y el escándalo que la tradición les atribuye. Silenos y sátiros eran personajes que aunaban un torso humano con cuernos, cola y extremidades de cabra, animal que reforzaba su carácter lascivo. Seres cubiertos de pelo perseguían a las ninfas y no desdeñaban atacar a las mujeres mortales. Éste era el disfraz que preferentemente usaban en las celebraciones los discípulos masculinos de Dioniso.

Pero el compañero más habitual del dios era Pan, hijo de su hermanastro Hermes y de la ninfa Dríope. Era el alegre tocador de flauta que encantaba a dioses y mortales con su música. Aunque no se menciona en *La Odisea* ni en *La Ilíada*, lo que indicaría un origen posterior, su culto recorre toda la Hélade, y el himno homérico lo recuerda de esta manera: "Musa, háblame del hijo querido de Hermes, el dios caprípedo, bicorne, enamorado de las danzas bulliciosas, que recorre las praderas llenas de árboles con las ninfas acostumbradas a formar coros y que huellan las cimas de las rocas escarpadas invocando a Pan, dios de los pastores, de la soberbia cabellera inculta, a quien han cabido en suerte los montes cubiertos de nieve, las cumbres de las montañas y los senderos rocosos [...] a veces, solo, por la tarde, al regresar de la caza, excitado por la dulce Musa, canta acompañándose con la zampoña, y el ave que en la estación florida de la primavera deja oír sus más dulces gorjeos, cuando el follaje rompe en plañideras notas, no sobrepujaría su melodía".

Aunque se lo señala como un culto tardío en el continente, se fecha con una inmensa antigüedad en la Arcadia, tierra poblada de pastores. Allí, en el monte Liceo, existió un santuario de Pan que remitía al pasado más remoto de la región. Siringa, Eco y Pitis eran las ninfas que acompañaban al dios en sus correrías, y muchas veces se transformaban en el objeto de sus deseos más lúbricos. Se atribuye a un episodio vivido con la primera de ellas la invención del instrumento musical que lleva su nombre. Siringa fue víctima del acoso de Pan, huyó con desesperación por las entrañas del bosque, pero su perseguidor se encontraba casi sobre ella. Desolada, llegó junto al río Ladón y le suplicó a éste que la librase del dios que la acechaba. En el instante en que Pan estaba por atraparla Siringa se desvaneció en el aire y sólo una caña del río quedó en manos de él. Pan se lamentaba sentado en una piedra, cuando lo sorprendió de pronto el sonido del viento entre las cañas. Intrigado, el dios husmeó por la orilla, luego cortó varias cañas, las unió y las compuso con cera, y así construyó el instrumento que luego cautivaría a los pastores de la Arcadia.

HADES Y DÉMETER, LA MUERTE Y LA VIDA

siduamente identificado con los infiernos, Hades es, sin embargo, una deidad que se encuentra distante de lo que los griegos denominaron "el Tártaro", que se corresponde más con la imagen del averno. Sí es el señor de los muertos, pero su imagen nimbada por un halo tenebroso en los textos más antiguos fue evolucionando hacia una más familiar y benéfica. En todo caso, la muerte es un aspecto de la vida, o su continuación inevitable.

Muerte y regeneración, destrucción y construcción, es la incesante combinación de la sustancia. Además, la muerte es amiga de la vida por cuanto suministra a la tierra la fertilidad que la hace regeneradora. En esta filosofía se fundó la adoración de Plutón, uno de los nombres de Hades, pero también la superación de su vieja efigie lúgubre, culto que fue vivido por los griegos antes de su asimilación en la cultura romana.

Como sus hermanos, Zeus y Poseidón, también es hijo de Cronos, y debe a él y a Rea la vida. Y luchó junto a sus hermanos y hermanas frente a los Titanes y Gigantes. Sin embargo, el temor que su solo nombre inspiraba lo hizo menos popular y apareció así menos frecuentemente en las epopeyas fundadoras y hasta en la misma Teogonía.

Hades recibió como herencia de su padre la tierra de los muertos, como Zeus los cielos y Poseidón los océanos, pero la tierra y el Olimpo les fueron concedidos en común a los tres. Los tres hermanos recibieron de los Cíclopes un regalo que los identificó y constituyó su principal arma: los rayos para Zeus, el tridente para Poseidón y un casco de piel de perro que hacía a Hades invisible y lo envolvía en una nube impenetrable.

Fue el casco que utilizó cuando acechó a Perséfone, la dulce hija de Deméter. Cuando, como dice el himno Homérico: "...jugaba con las tetudas hijas del Océano, cogiendo flores en una blanca pradera: rosas, azafrán, bellas violetas, gladiolos, jacintos y un narciso de prodigioso brillo". Perséfone fue allí secuestrada por Hades, que surgió de la profundidad con su carro para llevársela a su reino. Perséfone se constituyó así en el hilo que unió a Deméter con Hades. Son hermanos, pero al mismo tiempo son las dos etapas de un ciclo.

Deméter tiene por atributo la fecundidad, pero no la fecundidad irracional de Gea; ella es una fecundidad reglada y bienhechora. Es la fuerza que da vida a las semillas útiles. Ella enseñó a los hombres el arte de cultivar la cebada y el trigo, e inventó para ellos los instrumentos necesarios: el arado y la azada. También la domesticación de los animales y la institución del matrimonio regular, que promueve el beneficio de la vida civilizada.

Hades, señor
de los muertos,
era uno de los
dioses menos
populares.

J. ARON

Deméter es una diosa esencialmente pacífica, renuente a la belicosidad de sus hermanos y de otros dioses del Olimpo. Domina en ella una bondad y una verdadera preocupación por la humanidad y su progreso. Su ahijado Triptolemo tiene la misión, que Deméter le ha encomendado, de llevar por todo el orbe la agricultura y la civilización.

Aunque abusada por sus hermanos –Poseidón y Zeus–, de quienes provienen sus hijos el caballo Arión y Perséfone; ultrajada por su otro hermano Hades, que raptó a su hija para llevarla a las profundidades, Deméter no tiene sin embargo la imagen de una diosa casta y vengativa, sino que, por el contrario, gozó plenamente del amor de un mortal y derramó su bienhechora acción sobre toda la humanidad.

Deméter y Yasión

La historia de amor de Deméter por Yasión quizá sea la más dulce que narran las viejas leyendas. No está contaminada por el rapto, ni por el abuso. Deméter simplemente gustó de los encantos del amor con el héroe Yasión en el seno de un campo.

Dice Ovidio que la diosa vio a Yasión al pie del monte Ida y "una tierna llama se encendió en sus venas". En la disputa que se estableció entre su pudor y el amor que el héroe le inspiró, Deméter no dudó, y aquella que fuera abusada por sus hermanos accedió al tierno amor de un mortal.

Se cree que, obnubilada por la pasión, la diosa olvidó por algún tiempo los deberes de su oficio. Pero muy pronto los campos comenzaron a llenarse de espigas y frutos a su paso. Yasión, hijo de Minos y la ninfa Fronea, entregó a Deméter el amor que aquella no había conocido. No obstante, y como podía presuponerse, este sentimiento despertó los celos de Zeus, que envió sobre él los rayos que lo fulminaron.

Aunque breve, su amor fue fructífero, y así la diosa concibió a Pluto, el verdadero dios de las mieses, que "prodiga a los mortales la riqueza y la prosperidad", y a quien Zeus dejó ciego para que no pudiera discriminar a quién entregar sus dones.

El rapto de Perséfone

A Deméter la acompañaban Pluto y Triptolemo, como a Hades Hécate, las erinias, Tánatos e Hipnos. Pero había un personaje común a ambos: Deméter aparecía siempre junto a su hija Cora, y las dos eran adoradas

conjuntamente en la mayoría de los santuarios de la diosa. Pero Cora no era más que Perséfone, la que se hallaba siempre junto a Hades en su reino de las tinieblas, del que emergía para convivir una parte del año con su madre, como había quedado acordado con Zeus tras su restitución. Es una situación curiosa puesto que Deméter no ha tenido otra hija, pero era a Cora a quien adoraban en Eleusis, donde el nombre de Perséfone no era allí mencionado.

La leyenda del rapto de esta muchacha por Hades es una de las más extensas y cargadas de diversos símbolos y señalamientos. Por ejemplo, nadie se opuso a su secuestro excepto Ciane, la ninfa de Sicilia, que se instaló en el camino del ladrón de mujeres y le dijo:

–¿Queréis ser por la fuerza yerno de Deméter? Podíais pedir a Perséfone y no arrebatarla... yo misma fui amada por Anapis y solamente después de haber sido desarmada por sus súplicas, no por el terror, consentí en ser su esposa.

La cólera del dios la despedazó, y nada quedó de ella al paso de Hades.

Allí comenzó la angustiada búsqueda de una madre que no dio por perdida a su hija. Durante nueve días recorrió la tierra llevando en sus manos antorchas encendidas. Y curiosamente fue Hécate, ayudante de Hades, quien la llevó ante Helios, que tenía todas las respuestas. El Sol dudó, pero al fin respondió al reclamo de Deméter. Le dijo:

–Tengo compasión de tu dolor a causa de tu graciosa hija. No hay entre los inmortales otro culpable que Zeus, que la ha concedido a su hermano Hades para que la llame su floreciente esposa.

Un buen esposo

Helios, que todo lo ve, interpelado por Deméter, consiente en decirle el nombre del secuestrador y sus cómplices. Entonces le dice:

–Pero, diosa, da tregua a tus largos gemidos, no te es conveniente sucumbir a una inútil e impotente cólera; Hades, rey de un populoso imperio, no es, entre los inmortales, un yerno indigno de ti, es además hermano tuyo, nacido de los mismos padres.

Luego de darle a comer a Perséfone las semillas de la granada que le impedirían ser retenida por su madre en el Olimpo, Hades le dice esto a su enamorada:

–Ve, Perséfone, al lado de tu madre, velada de negro... Yo, hermano del soberano de los dioses, no seré para ti entre los inmortales un indigno esposo. A tu regreso aquí, reinarás sobre todo lo que se muere y respira, y gozarás los mayores honores entre las divinidades.

Desde entonces no hubo calma para la desconsolada Deméter, que de inmediato se ausentó del Olimpo para recluirse en Eleusis. Allí tuvo lugar el episodio de su encuentro con las hijas de Celeo, y con el niño Demofonte o Triptolemo, según la fuente de que se trate.

El soplo divino

Se cuenta que la diosa paseaba su angustia transformada en una pobre anciana. Sentada junto al pozo de Partenio la encontraron las niñas Calidice, Clesidice, Demo y Calitoe, quienes se apiadaron de la mujer y la invitaron a su casa. Le contaron que tenían un niño pequeño, hijo tardío de la pareja de sus padres, que agonizaba por su debilidad. La anciana les dijo entonces que ella podía cuidar al niño y prepararle su alimento.

Al llegar al humilde hogar de Celeo, la diosa fue invitada por sus dueños a ingresar, y entonces Deméter retomó su figura verdadera y se elevó de tal modo que casi tocó las vigas del techo con su cabeza. Los mortales la reconocieron de inmediato y se tendieron a sus pies. Los anfitriones se esforzaron para hacerla sentir bien ofreciéndole todo tipo de atenciones a su alcance, mas Deméter no pronunció palabra, ensimismada como estaba en su dolor de madre.

Luego la diosa tomó al niño a su cuidado. Lo untó con ambrosía y teniéndolo en los brazos sopló suavemente sobre él. Rápidamente, el niño, Tiptolemo, creció fuerte y hermoso como un dios, aunque sus padres no pudieron explicarse el prodigio, sin duda obra de la diosa. Por la noche, Deméter lo tomó una vez más, y tras acariciarlo tres veces, le pronunció las palabras mágicas que sólo los inmortales conocían. Luego lo acercó al hogar y cubrió su cuerpo con carbones encendidos para que el fuego lo purificase y desarrollase su envoltura inmortal.

En ese momento, su madre se despertó de golpe, y al ver las manipulaciones de Deméter con el fuego corrió horrorizada para arrancarle a su niño de los brazos. Entonces Deméter le dijo a la mujer:

–El exceso de amor te ha vuelto desnaturalizada, tu espanto maternal ha hecho inútiles todos mis beneficios; tu hijo no será más que un simple mortal, pero el primero entre los hombres, labrará, sembrará y las cosechas que segará en los campos serán el premio de sus trabajos.

Así nació el mito de Triptolemo, discípulo de la diosa, que extendió los conocimientos de la agricultura por todo el mundo. Para su suerte, la interrupción de la madre no disgustó a la diosa que, además de augurarle un futuro brillante para su hijo, le prometió:

–Yo misma os iniciaré en mis misterios a fin de que en adelante practiquéis los ritos y soseguéis mi espíritu.

Y aquí nace el segundo mito de Deméter, que formaría parte sustancial de su culto, los llamados "misterios de Eleusis".

Celeo y Metanira convocaron a todos los pueblos de los alrededores de Eleusis para construir un templo que Deméter les había encargado. Pero mientras hacían esto sus adoradores, en el resto de la tierra las cosechas se secaban, el suelo dejaba que las semillas se perdieran sin dar fruto, y los animales languidecían.

Las penurias que aquejaban al género humano llegaron pronto a Zeus. Preocupado, éste envió primero a Iris, la de las alas de oro, con su hermana, para calmarla y evitar así la muerte por hambre del género humano. Otros dioses se acercan pronto a la diosa buscando persuadirla. Pero todo fue inútil. Deméter rechazó una a una sus súplicas, y volvió a prometer que la tierra nunca volvería a dar frutos y que ella jamás volvería a subir al Olimpo hasta que no viera con sus propios ojos a su hija.

Finalmente Zeus depositó su confianza en el sutil Hermes para convencer a Hades de que dejara partir a Perséfone. Hermes puso en juego toda su elocuencia para persuadir a Hades, a quien le dijo finalmente:

–Hades, el de los negros cabellos, rey del imperio de los muertos; mi padre Zeus me ordena que saque del Érebo y conduzca entre los dioses a la ilustre Perséfone, a fin de que su madre, después de haberla visto con sus propios ojos, calme su cólera y su terrible enojo contra los inmortales, puesto que está meditando una espantosa venganza.

El barquero Caronte

Aun cuando también Hermes tenía por misión guiar
a los muertos hasta su definitiva estancia en el
Hades, el gestor por excelencia de este trámite era el barquero Caronte.

Los griegos lo representaron como un
anciano rezongón y barbudo, vestido de
pescador. Para los etruscos, en cambio, Caronte tenía un rostro gesticulante, una na-
riz ganchuda y orejas puntiagudas como
los sátiros. Iba armado de un mazo con el
que terminaba de matar a los que recibía
moribundos, o con el cual sacaba del bote a
cualquiera que se negara a pagar su óbolo por el
pasaje hasta la puerta de acceso al mundo subterráneo que guardaba el can Cerbero.

Con sus tres o cincuenta cabezas parecía invitar a los que llegaban a que traspusieran la puerta, cosa que podían hacer sin ser
atacados por el monstruo. Pero una vez pasado el umbral, era inútil toda tentativa de regreso: Cerbero estaba presto a devorar a cualquier arrepentido.

Hades por fin accedió, aunque no sin antes prevenirse de la pérdida de su mujer haciéndole comer unas semillas de granada que le harían imposible una vida definitiva con su madre. Pero apenas Deméter
volvió a ver a su hija, la interpeló diciéndole:

–Hija, ¿no has tomado alimento ninguno?...

Desdichada, ya sabe cuál es la respuesta.

–Si has gustado de los hechizos de Hades, volverás a las profundidades de la tierra, allí residirás un tercio del año, conmigo y con los
otros inmortales permanecerás los otros dos tercios.

Madre e hija maldijeron el ardid puesto en práctica por el dios de
las tinieblas para asegurarse el regreso de Perséfone. Pero Rea, envia-
da por Zeus junto a la diosa, la invitó a regresar al Olimpo, donde todos los dioses la esperaban para rendirle los honores que merecía, al
tiempo que le aseguró que sólo permanecería con su marido un tercio
del año. Por fin ambas consintieron en someterse a la voluntad de Zeus,
y muy pronto los campos se llenaron de frutos y toda la tierra gimió bajo el peso de hojas y flores.

Los amores de Hades

Aunque pocos dioses fueron inmunes al amor, es curioso que el himeneo sólo estuviera reservado a los tres hijos de Cronos, y se les negara en forma sistemática a sus hermanas y a las hijas de Zeus y otras diosas importantes. Sólo Hera convivía –aunque bastante accidentadamente, por cierto– con su marido, mientras que Hestía y Deméter sobrellevaron su soledad como Atenea y Artemisa. De todos modos, el verdadero amor, que al parecer los griegos rara vez hicieron coincidir con el matrimonio, fue accesible a todos. Hades no fue una excepción.

Aun cuando se conocen menos aventuras del dios de las tinieblas, éstas existieron y refieren historias similares a la vivida con su esposa Perséfone, aunque con finales considerablemente más aciagos. Tal el caso de Menta y Leuce.

Menta era una ninfa del mundo subterráneo, a la que Hades, con su fogosidad característica, persiguió por los antros de su mundo, hasta que ésta sucumbió al acoso. Su esposa, como una Hera duplicada, se metamorfoseó en un buey gigantesco que atacó a la desventurada muchacha y la despedazó a pisotones y patadas. Hades, insensible o quizá culpable, sólo atinó a convertir sus restos en una planta olorosa que brotó en el Monte Menta en Trifilia. Desde entonces, la planta le fue consagrada a este dios, y su perfume augura su presencia en las inmediaciones.

No se sabe mucho más de Leuce, una hija del Océano a la que Hades robó y condujo a su reino. Lejos del mar la sorprendió la muerte sin haber dejado descendencia. Rubia y blanca como una nube, su imagen exánime trastornó profundamente al oscuro rey de las profundidades. Por primera vez se vio seriamente conmovido y mucho lloró su muerte. En los Campos Elíseos, lugar donde la enterró, brotó entonces un gran álamo blanco. Hades tomó unas hojas y con ellas se hizo una corona. Con este emblema de homenaje regresó a su reino. Iba sin alegría, casi convencido de su exilio definitivo, de que sus dominios eran su cárcel.

Las islas de los Bienaventurados

El Hades nombra al dios y también un lugar. Es un sitio abominable, que la imaginación griega pobló de seres bestiales y de paisajes aterradores. De esta visión no podía menos que derivarse un ser que se correspondiera con tal naturaleza. Y el Hades más tradicional calza bastante bien en el estereotipo.

Pero parece que muy temprano la imaginación griega comenzó a idear algo distinto del Hades y del Olimpo. Un sitio a salvo de la desolación y alejado de la vida en la tierra. Un lugar que fuera accesible sólo para algunos mortales. En la *Odisea*, Proteo le dio las siguientes indicaciones a Menelao:

–Tú –el yerno de Zeus puesto que estaba casado con Helena– no estás condenado a morir, ni a sufrir el destino en Argos, sino que los dioses te enviarán a los Campos Elíseos... En este lugar es fácil la vida a los hombres. No conocen las nieves, las copiosas lluvias, las escarchas, y el Océano exhala el suave soplo de Céfiro para refrescarlos.

También Hesíodo habló de unas "islas de los Bienaventurados", adonde van a parar algunos héroes y cuasidivinos mortales. En el siglo V la popularidad de los cultos de Eleusis acercó esta tosca idea de paraíso al común de los mortales. Finalmente aquellas islas y los Campos Elíseos estarían disponibles para todos aquellos que en vida se hubieran conducido en forma recta y honesta. Para los otros, para los perversos y maliciosos, los dioses reservaban el Tártaro, morada de las Erinias, las Queres y las Arpías.

Lo cierto es que este culto debió de desarrollarse a lo largo de centenares de años para convertirse en uno de los más concurridos y populares de la región, y se centra en el doble beneficio que la diosa dio a los antepasados de los hombres: el cultivo, que les permitió pasar de la vida salvaje a la civilización, y la iniciación, que les ofrece una firme esperanza de felicidad en la vida futura.

Esta iniciación es la que cumple la religión de Eleusis y, más precisamente, los llamados "Misterios de Eleusis", sólo accesibles a los iniciados. Aunque habiendo accedido el culto a una popularidad tan considerable, éstos fueron cada vez más numerosos hasta alcanzar a casi toda la juventud no sólo de Atenas, sino también de otras polis que enviaban a sus peregrinos.

Las fiestas Eleusinas se solían celebrar cada tres o cinco años, y eran ceremonias de carácter más bien sencillo donde los pobladores agradecían a la diosa por el trigo que había dado a los hombres. Se realizaba un simulacro de cosecha semejante al que el héroe Triptolemo había segado por primera vez con instrucciones de Deméter. Así se recordaba que la diosa no sólo había entregado a los hombres las semillas de trigo y cebada, sino que había enseñado el arte de su cultivo e inventado los instrumentos para la labranza y el arado.

Otras celebraciones más modernas refieren a una sucesión anual que sigue el curso de los cultivos y las estaciones. Las Chloia, por ejemplo, se iniciaban en la primavera, el tiempo en que el trigo y la cebada comenzaban a salir de la tierra y el campo se cubría de un parejo verdor. También las Kalamaia se celebraban por aquellas épocas. Por supuesto, no todas

Una fiesta de género

Cuando llegaba la época de la cosecha, nuevas celebraciones festejaban a Deméter-Cora. En Eleusis y en Atenas se llevaban a cabo las "Haloa", en las que se celebraba la fecundidad de la tierra y de la raza humana. Los dioses involucrados eran Deméter y Dioniso. Había entonces una procesión, sacrificios públicos y privados y un gran banquete, reservado exclusivamente a las mujeres, en el que corría el vino en abundancia.

Todo lo que el mar y la tierra producían poblaba las mesas. El plato sorpresa eran unos pastelillos con la imagen de ambos órganos sexuales, y durante toda la comida se dirigían unas a otras bromas obscenas, a veces muy crueles.

Parece que también las participantes llevaban imágenes similares de mayor tamaño y que, tras esos emblemas, se ordenaban para participar de grandes tenidas de cuentos e historias picarescas y licenciosas.

contaban con la participación entusiasta de los pobladores ya que, habiendo crecido el culto, sus sacerdotes eran numerosos y estas actividades y ritos se desprendían un poco de la cotidianidad popular. Esta integración se producía en ocasión de las Haloa o de las más famosas, las Tesmoforias.

Las Tesmoforias se celebraban para la época de la cosecha y, como las Haloa, estaban reservadas aun más exclusivamente a las mujeres. Y en este sentido, sólo a las casadas. De la convocatoria estaban excluidas las solteras y las esclavas, las cortesanas y todo género de prostitutas. Duraban en total tres días.

La oportunidad del banquete era también la de la entrega jubilosa a las historias y cuentos. Dos damas eran elegidas para presidir el concurrido cónclave. Se cree que los maridos de éstas podrían ser quienes más generosamente colaboraban con los gastos de la fiesta. Pero en cualquier caso, el éxito de las presidentas dependía de los temas elegidos para los relatos y de su pericia para la conducción del espectáculo.

El culto de Deméter y Cora se encontraba extendido por toda la Hélade. Pero fue en el Ática donde la diosa tenía su sede principal. En Eleusis, territorio de su santuario más famoso, y en Atenas, la ciudad más populosa de aquel rincón del Mediterráneo. Allí se desarrollaron los "Misterios de Eleusis".

Los ritos de iniciación

El tema de los "misterios" parece referir, en la mayoría de los testimonios, a ritos relacionados con la muerte o, si se quiere, con la vida "en el más allá".

Dado que muy probablemente el culto de Deméter tenga origen egipcio, no es aventurado pensar que muchos de estos misterios están relacionados con la peculiar visión que este pueblo tenía de la muerte y la vida ultraterrena. A este culto deberíamos atribuir la introducción en Grecia de la idea de paraíso, que permitiera aceptar la muerte como parte del ciclo vital, y no el destino catastrófico que la leyenda del Hades garantizaba antiguamente a los pueblos helenos.

El propio himno homérico anterior al establecimiento de los los ritos de iniciación de los "Misterios" ya preveía este devenir ritual al prescribir lo siguiente: "Deméter les enseñó el ministerio sagrado, los inició a todos en sus augustos misterios, que no es permitido descuidar, ni sondear, ni divulgar, puesto que el profundo respeto a los lugares retiene la voz".

A través de escrupulosos rituales, que podían abarcar varios años de formación en jóvenes y no tan jóvenes, los iniciados o "mistes" entraban en contacto con un conocimiento de reglas y procedimientos  para enfrentar los peligros de la vida ultraterrena, a semejanza de las pormenorizadas instrucciones que fueron encontradas junto a las momias enterradas en el antiguo Egipto.

Como el fin de la ceremonia de los "Misterios" era la iniciación, era ésta la que pautaba su ritmo. Las primeras correspondían a una iniciación de primerizos en los Pequeños Misterios o Misterios de Agra, por el suburbio de Atenas, donde éstos se realizaban. De una manera general estas ceremonias eran tan sólo una preparación para los Grandes Misterios mediante una purificación de los "mistes". La ceremonia religiosa consistía básicamente en una representación teatral de las bodas de Dioniso y Cora. El Hierofante, supremo sacerdote de Eleusis, iniciaba la instrucción de los candidatos y luego esta labor docente era continuada por miembros de las familias más tradicionales y distinguidas de la ciudad, que así asumían el título de instructores de los mistes.

El jubileo eleusino

Hacia mediados del mes de agosto, en el Ática se imponía por diez días la celebración de los "Grandes Misterios". Un tiempo antes de las fiestas, y durante un período similar cuando éstas terminaban, regía una tregua sagrada. Esta tregua era anunciada por unos funcionarios a los que se denominaba Espondóforos.

Aparte del plan de actividades que abarcaba esos diez días, los funcionarios repetían el texto de una antigua ley por la cual se prohibía a los acreedores –así estuvieran munidos de alguna orden de ejecución– poner mano en los bienes o la persona de sus deudores. La tregua, aunque temporalmente reducida, permitía a los más apurados la renegociación de sus deudas y en general un trato más benéfico.

Los metecos, extranjeros no ciudadanos, eran generalmente los más incursos en esta reglamentación, puesto que si bien el comercio y la industria no eran actividades proscriptas para los atenienses, regularmente muchas de ellas se encontraban en manos de este laborioso grupo de pobladores que, en general, participaban con menor ahínco en las fiestas religiosas.

Más tarde comenzaban las ceremonias propias de los Grandes Misterios, que eran enormemente complicadas y comprendían ritos públicos y secretos. El regreso a Atenas con la escultura de Yacos al hombro y las hieras para ser encerradas nuevamente en la capilla secreta del Eleusinión de Atenas cerraba el jubileo público de los "Misterios".

La llegada a Eleusis abría las ceremonias secretas de la iniciación. Primero prescribían una noche de reposo en el recinto central del templo. En la noche siguiente asistían a una representación teatral del drama de Deméter y Cora. En la siguiente se desarrollaba el segundo grado de la iniciación, del que sólo participaban aquellos que tuvieran más de un año de residencia. El último grado de la iniciación era cuando se ponía a los "mistes" en contacto con los secretos más profundos de la muerte y la resurrección.

Criaturas monstruosas del Tártaro

El Hades comenzó a ser un lugar menos siniestro, al tiempo que el Tártaro asumió los caracteres del infierno, adonde eran recluidos los seres malvados acusados de algún delito imperdonable. Aquí gobernaban los antiguos ayudantes del dios de las tinieblas. En primer lugar las Queres, genios de la muerte y la venganza, que perseguían a los culpables –fuesen dioses u hombres–, y no cejaban hasta imponerles su condena. Hesíodo cuenta que estos seres negros hacían rechinar sus blancos dientes. Tenían ojos terribles y sanguinolentos y "todas estaban ávidas de beber sangre negra..." Ellas acababan con los moribundos clavándoles las uñas para abreviar su agonía, tirando a un costado el cadáver y yendo a buscar otra presa.

Según la leyenda, cada mortal al nacer ya tiene adjudicada su Quer, que ha de perseguirlo toda la vida para llevárselo cuando le llegue su hora. Se las denominaba a veces "Perras" e "Hijas de Hades".

Las Arpías tenían por cometido procurarle habitantes al mundo subterráneo; y así recorrían la tierra como las Parcas romanas. Mujeres de hermosa cabellera para algunos, eran aves de cabeza humana y fuertes garras para otros.

Por último, estos equipos de monstruosas criaturas contaban con las Erinias, muy semejantes a Arpías y Queres. La Teogonía las hace nacer de las gotas de sangre de Urano, que Cronos regó por la tierra. También eran demonios alados que perseguían por el aire a sus presas y a las que Zeus concedió el don de transformarse en aquello que desearan instantáneamente. Llevaban serpientes entremezcladas en sus cabellos, y en su mano, una antorcha, o más comúnmente un látigo. Su piel era negra y llevaban negras vestiduras. El aliento apestoso que salía de sus bocas sembraba enfermedades e impedía el crecimiento de las plantas. De todos los delitos horrorosos que pudieran ocurrir, las Erinias tenían por misión perseguir a los parricidas.

CONCLUSIÓN

El Olimpo y sus habitantes

Un concepto básico a tener en cuenta al afrontar el fenómeno del panteón griego es que esta suma de dioses y diosas, en contraposición a otras religiones, no formaba parte de una rígida doctrina, no tenía "tablas de la Ley" ni un corpus dogmático cristalizado. Todo era movimiento y suceder allá arriba, así como todo era movimiento y devenir entre los humanos.

Si bien desde las leyendas más arcaicas, anteriores a Hesíodo y Homero, hasta las adaptaciones romanas, este conjunto de dioses experimentó notables cambios, lo cierto es que nunca dejaron de asemejarse a los hombres de carne y hueso, ni de ser a su vez modelo y reflejo.

Sólo hacia finales del período clásico, y después de las conquistas de Alejandro, comenzaron a recibir la influencia de los dioses extranjeros.

He aquí una curiosa ley de la Historia: el pueblo que es conquistador por las armas es, a la vez, conquistado por la cultura del vencido. Roma se vio subyugado por los dioses griegos, y éstos recibieron la influencia del Oriente conquistado por el Gran Macedonio.

Pero cuando hablamos de "dioses y diosas de Grecia" nos referimos por antonomasia a ese conjunto de seres irascibles y pasionales reflejados en las páginas previas, y que nos han fascinado desde el fondo oscuro del tiempo. A ellos nos hemos ceñido y nos ceñiremos ahora.

Lo laxo y lo rígido

Dentro de cada comunidad, cada ser en la antigua Grecia podía interpretar a su modo lo relativo a las andanzas divinas. Zeus era siempre infiel, pero nadie se sentía impelido a seguir una versión determinada de sus historias. Así, por ejemplo, un aeda (especie de juglar antiguo, para decirlo rápido y por aproximación) podía tratar de halagar a un aristócrata alterando en algo la leyenda y resaltando el punto de unión con su homenajeado.

Las leyendas eran tomadas por los artistas y adaptadas sin culpa. Los filósofos también las moldeaban para acomodarlas a lo que querían enseñar o ejemplificar, y ni hablar de los sofistas, esos pioneros de la profesión docente, cuyo pecado original ha sido durante mucho tiempo identificado con la decisión de cobrar sus clases, cosa que los grandes filósofos (reconocidos aristócratas sin apuros económicos) no hacían.

Pero una cosa era el corpus anecdótico de cada dios y otra cosa era el rito para solicitar sus dones u homenajearlo. En este sentido, el ritual, sí se podría hablar de las prescripciones de una religión, y recordemos que "religión" significa *re-ligar*, unir de nuevo lo divino con lo humano.

Podría hablarse, también, de una dureza o rigidez de procedimientos. Los rituales se transmitían desde antiguo, era el acervo que delegaban los antepasados en las nuevas generaciones, algo observable tal cual había sido en un principio, en todo lo posible.

Aquel que violaba un rito, el que atentaba contra él o lo desmentía, podía ser sometido a la severidad de los tribunales, y era a todas luces un impío (en el catolicismo, lo sería quien dijera, por ejemplo, que Jesús había tenido hermanos, dato menor para un Hermes o un Poseidón). Insultar a la virgen de un templo o robar un utensilio de éste podía acarrear la muerte. Decir que un dios no era hijo de tal o cual otra divinidad era simplemente una interpretación individual, o efecto de un tolerable capricho personal. Lo inamovible no era la historia de arriba, sino el procedimiento de abajo. Esto da otra idea de la "tolerancia" y la plasticidad de los dioses olímpicos, y de cuánto debemos esforzarnos por no asimilar la relación hombre-divinidad de los griegos con la experimentada por nuestras actuales sociedades.

Los dioses de todos los días

Dijimos que los grandes rasgos de carácter o las atribuciones de cada dios sí se mantenían. Y sobre la base de estos datos indiscutibles, ese dios estaba presente en cada hora de cada día de los griegos.

Zeus (omnipotente y sabio, antecedente de lo que sería el monoteísmo en cuanto a gran señor de los cielos) era el dueño del rayo, el motor de lo celeste. Regía la lluvia, la nieve, los rayos, las tormentas, y a él se dirigían en lo práctico los helenos para pedir cosas relativas a esos fenómenos climáticos.

Pero Zeus era también un dios amable, y a él se encomendaban las parturientas para pedir un buen nacimiento. La majestuosa imagen que de él esculpió Fidias habla de esa claridad. Zeus protegía, por ejemplo, la hospitalidad, rasgo de vital importancia para los griegos, que se esmeraban por acoger y tratar bien al extranjero errante, a la viuda y al huérfano, a quienes veían como los seres más necesitados de amparo.

Como el dios judío que privilegia la ofrenda de Abel, todos sabían que Zeus prefería a una de sus hijas, al igual que un humano, aunque lo niegue, suele hacerlo. Esa hija era sin dudas Atenea.

La diosa protegida por la armadura era inteligente; no en vano había nacido de la cabeza del señor del Olimpo, y a ella apelaban cuando creían necesitar sus dones para resolver algún problema cotidiano.

Desde lo alto de la Acrópolis, la virgen guerrera parecía velar por todos, y los que regresaban victoriosos y la veían aún desde las aguas como acogiéndolos en la ciudad madre, no dudaban en ofrecerle a ella los botines o dones obtenidos. En los quehaceres ciudadanos, también se la llamaba en relación con las artes y los negocios de la política, así como con las reglas del buen comercio, ya que Hermes, otra divinidad de injerencia en este asunto, era más bien un dios de las argucias y lo artero.

Tanto era Atenea protectora del buen comercio, que era la diosa del olivo, producto vital para la economía de los griegos en general y del Ática en particular. Era a la vez guardiana, resumen y símbolo de lo que los griegos veían en la pujante ciudad de Atenas.

Otro dios lleno de luz para los griegos era Apolo, a tal punto que su carro elevaba cada mañana el sol hasta lo alto del cielo. Los griegos lo veían en esta tarea cada amanecer y salían al campo de labranza. En la Arcadia se encomendaban a él los pastores. Dios de la claridad, era en Delfos el encargado de transmitir a los hombres las verdades del oráculo. Era el dios de lo perfecto, de la buena línea y la forma armónica.

Nietzsche ha señalado los rasgos de armonía de Apolo en un célebre trabajo, contraponiendo su apacible perfección con el desordenado ímpetu de Dioniso. En relación con la armonía, los músicos y artistas jonios lo mentaban como su protector. Artemisa era, para los griegos, habitante y señora de los bosques. No le pedían a ella nada celeste porque era éste el ámbito de Zeus; no le pedían a Zeus nada relativo a la castidad porque se sabía de sus amoríos y su debilidad por la carne. Pero Afrodita era virgen, y por lo tanto protegía a las muchachas castas y los amores legítimos. Era diosa de la vegetación, y en esto se la relacionaba con su único amor, Adonis, el adolescente hermoso que moría y renacía cada año, en cada primavera. Y los griegos los veían, a él y a ella, en el renovado verdor.

Nada luminoso era Ares, dios de la guerra que se complacía en la sangre, el pavor y la venganza. No por eso dejaban de apelar a sus dones, pero no era un dios muy atareado ni propicio en tiempos de paz.

Poseidón era homenajeado antes de cada viaje por mar, donde también había numerosos seres menores que podrían intervenir y ser propicios o no, como las Nereidas o las Oceánicas.

Hermes (el ladrón de bueyes) era el dios del ganado.

Esta simple enumeración tiende a ejemplificar cómo los dioses estaban insertos en la cotidianidad de los griegos, y obraban en las precipitaciones y en las cosechas, en las travesías y en los casamientos, en la pesca y en los nacimientos, tal como en las obras de Homero habían descendido a intervenir en las pugnas de los hombres.

Todo tiene un final

Los antedichos rasgos son los que de algún modo han sido envidiables para muchas generaciones, que vieron y ven como una edad ideal (visión idílica sin duda) la de la Grecia clásica, donde los dioses alternaban con los hombres y encarnaban lo bueno y lo malo de ellos mismos.

Podemos decir que los dioses de Homero eran hombres divinizados, que necesitaban subsistir merced al néctar y la ambrosía. Y los dioses mismos, todos, se inclinaban ante la Moira, la regla superior que determinaba la vida de hombres y dioses por igual.

Lo de arriba nunca fue tan semejante a lo de abajo. Pero como toda edad ideal, como toda Era de Oro, ésta también se pervertiría y diluiría en el tiempo. Con las conquistas de Alejandro Magno, los dioses expandieron su territorio de influencia, pero también se vieron contaminados por divinidades orientales y egipcias. Isis y Serapis llegaron así a las costas del Egeo.

Con Alejandro empezó también un proceso de divinización de los reyes y hombres públicos, con lo cual se comenzó a "politizar" lo sagrado y a hacerle perder altura y universalidad.

Lo sagrado y lo profano se mezclaron. La ciega e impersonal Fortuna pasó a ser acreedora de un culto numeroso.

Plutarco, sobre todo, incluyó luego el culto de los demonios, seres intermediarios entre el Cielo y la Tierra.

A los designios divinos y al destino prefijado desde lo alto se les impondría por fin lo anárquico del culto al bruto Azar.

Pero, como ya dijimos, el vencedor, Roma, se vio influido por la cultura del vencido, y muchos de los dorados atributos de los dioses griegos, perdidos o contaminados en su tierra de origen, pervivieron en el mundo del gigante latino.

Bibliografía

Bergua, J., *Mitología Universal*, Madrid, Ediciones Ibéricas, s/f.

Burckhardt, J., *Historia de la cultura griega*, Barcelona, Iberia, 1974.

Córdova Arvelo, L. R., *Mitología griega y romana*, Madrid, Ograma, 1963.

Falcón Martínez, C., Fernández Galiano, E. y López Melero R., *Diccionario de la mitología clásica*, II tomos, Madrid, 1980.

Falcón Martínez, Constantino y otros, *Diccionario de la mitología clásica*, Madrid, Alianza Editorial, 1981.

Finley, M.I., *La Grecia primitiva. Edad de Bronce y era arcaica*, Barcelona, Crítica, 1981.

Finley, M.I. (comp.), *El legado de Grecia. Una nueva valoración*, Barcelona, Crítica, 1983.

Finley, M.I., *Estudios sobre historia antigua*, Madrid, Akal, 1981.

Finley, M.I., *El mundo de Odiseo*, Madrid, Fondo de Cultura Económica, 1980.

Frazer, J., *Magia y religión*, Buenos Aires, Leviatán, 1993.

Graves, R., *Los mitos griegos*, Madrid, Alianza Editorial, 1985.

Grimal, P., *Diccionario de mitología griega y romana*, Buenos Aires, Paidós, 2005.

Kirk, G.S., *La naturaleza de los mitos griegos*, Madrid, Labor, 1972.

Lesky, A., *La tragedia griega*, Barcelona, Labor, s/f.

May, R., *La importancia del mito*, Barcelona, Paidós, 1992.

Meunier, M., *La leyenda dorada. Mitología clásica*, Buenos Aires, Libros de la Esfinge, 2005.

Müller, M., *Mitología comparada*, Córdoba, Assandri, 1944.

Nilsson, M., *Historia de la religiosidad griega*, Madrid, Gredos, 1970.

Philip, N., *Mitos y leyendas*, Buenos Aires, El Ateneo, 2000.

Puech, H., *Las religiones antiguas II*, Madrid, Siglo XXI, 1977.

Richepin, J., *Mitología Clásica*, II tomos, México, UTEHA, 1952.

Ruiz De Elvira, A., *Mitología clásica*, Madrid, 1975.

Schwab, G., *Dioses y héroes*, Buenos Aires, Santiago Rueda, 1949.

Seeman, O., *Mitología clásica ilustrada*, Barcelona, Vergara, 1958.

Fuentes clásicas

Apolodoro de Atenas (s. II a. C.), *Biblioteca mitológica*.

Apolonio de Rodas (s. III a. C.), *Las Argonáuticas*.

Aristófanes (s. V a. C.) *Las Tesmoforias, Lisístrata, Los Acarnienses* y otras.

Eratóstenes (s. III a. C.), *Catasterismos*.

Esquilo (s. VI a. C.), *Los Persas, Los siete contra Tebas*, y otras.

Eurípides (s. V a. C.), *Las Troyanas, Ifigenia en Táuride* y otras.

Heródoto, (s. V a. C.) *Historia*.

Hesíodo (s. VIII a. C.), *La Teogonía*.

Homero (s. VIII a. C.), *Himnos*, la *Ilíada*, la *Odisea*.

Ovidio (s. I a. C.), *Las Metamorfosis, Los Fastos*.

Pausanias (s. II), *Descripción de Grecia*.

Sófocles (s. V a. C.), *Antígona, Edipo rey, Electra* y otras.

Virgilio (s. I a. C.), *La Eneida*.

Sitios web

www.dearqueologia.com

www.apocatastasis.com

www.geocities.com

www.todohistoria.com

mitologiagrecorromana.idoneos.com

www.elolimpo.com

www.encarta.msn.com

www.monografias.com

www.wikipedia.org

ÍNDICE